개발자인데요,
런던 살아요

영국으로 건너간 개발자의 본격 해외 취업 기록

개발자인데요, 런던 살아요

엄지현 지음

pazit

목차

2장 영국 직장 생활의 기쁨과 슬픔

3장 영국 직장인의 소소한 일상

프롤로그

영국으로 향하는 첫걸음

"어떻게 영국에 가기로 결심하셨나요?"

5년째 런던에 살면서 아직도 가끔 받는 질문이다. 나는 영국식 영어에 특별한 매력을 느꼈던 것도 아니고, 딱히 영국 문화의 열렬한 팬도 아니었다. 내가 영국에 오기로 결심한 계기는 뜬금없게도 회사 생활 3년 차 때 떠난 스페인 여행이었다. 그때 당시 나는 한창 슬럼프에 빠져 있었다. 휴학 한번 없이 대학을 졸업한 뒤 운 좋게 바로 입사한 대기업에서 스물네 살부터 일을 시작했다. 큰 문제 없이 회사에 잘 적응해 3년째 성실히 근무했고, 곧 대리로 진급도 앞두고 있는 상황이었다. 하지만 이렇게 남부럽지 않은 안정된 직장과 편안한 일상에서

왠지 모르게 행복하지 않았다.

나는 3년간 같은 팀에서 개발자로 일했다. 더 정확히 말하자면 팀 이름은 조금씩 바뀌었지만 하는 일은 거의 바뀌지 않았다. 처음엔 배울 게 많아 버겁게까지 느껴졌던 일도 3년을 하니 익숙해지고 쉬워졌다. 그리고 일이 익숙해진 만큼 남들에게 인정도 받았다. 이 회사에서는 성과 평가를 1년마다 A, B, C 등급으로 나눠서 매겼는데, 지난 연말 성과 평가에서 최고 등급인 A를 받았다. 이대로 계속 이 팀에서 같은 일을 하면 돌아오는 연말에도 A 등급을 받을 상황이었다. 이때까지 쌓아 놓은 게 있으니 이번 성과 평가는 지난해보다 쉬울 것이고, 이듬해에는 이보다 더 쉬워질 것이다. 누군가에겐 이런 쉽고 편한 회사 생활이 이상적으로 보일지 모르겠으나 나에겐 아니었다.

"개발자는 평생 공부해야 하는 직업이야."

20년 넘게 개발자로 근무하신 친구 아버지는 이 얘기를 하시며 친구가 개발자가 되는 걸 말리셨다고 한다. 한 번 기술을 배우면 평생 써먹을 수 있는 직업도 있는 반면, 개발자는 빠르게 변화하는 IT 세계에서 계속 생겨나는 신기술을 익혀야 이 바닥에서 살아남을 수 있다고 하셨다. 자식이 생존을 위해 평생 공부해야 하는 고생을 하지 않았으면 하는 마음에 말리셨던 것이다. 그런데 아이러니하게도 그게 바로 내가 개발자가 된 이유였다 (그리고 아버지가 말리셨다던 그 친구도 개발자로 살고 있다). 나는 새로운 걸 배우는 그 과정 자체를 즐거워하고, 똑같은 일을 반복하는 걸 누구보다도 지루해하는 사람이다. 그런 나에게 '평생 배워야 하는 직업'이라는 개발자는 무척이나 매력적으로 느껴졌다.

하지만 당시 나의 회사 생활은 배움과는 점점 멀어져 갔다. 우리 팀은 기업용 소프트웨어를 만들어 다른 회사에 판매하는 일을 했다. 우리의 고객에게 우리가 얼마나 혁신적인 기술을 쓰고 잘 짜인 코드로 소프트웨어를 만들었는지는 중요하지 않았다. "OO 하는 기능은 없나요? 다른 데는 있던데…" 고객이 이런 말을 한마디 던지면 우리는 그 기능을 추가해야 했다. 그렇게 고객사의 요구사항에 맞춰 단순한 기능을 추가하는 일을 반복하다 보니 어느 순간 비슷한 일만 하고 있다는 걸 깨달았다. '평생 배워야 하는 직업'인 줄 알았던 개발자로 일하던 회사에서 더 이상 배울 게 없다는 걸 깨닫는 순간이었다. 그 이후 회사 생활이 급격히 지루해졌고, 벗어나기 힘든 슬럼프에 빠지게 되었다.

스페인 여행은 이런 슬럼프에서 벗어나고자 하는 나의 조그마한 몸부림이었다. 유럽 여행은 처음이었기에 첫 소풍을 떠나는 아이처럼 들뜬 기분으로 비행기에 올랐다. 긴 비행 끝에 맞이한 그해 9월의 바르셀로나는 너무나 따뜻하고 아름다웠다. 그냥 아무 골목만 걸어도 영화 속 한 장면에 들어온 듯 멋진 풍경이 펼쳐졌다. 시장에서 파는 신선한 과일과 먹음직스러운 거리 음식, 길거리 카페테라스에 앉아 커피 한 잔의 여유를 즐기는 사람들, 그리고 탁 트인 광장 한가운데서 흘러나오는 흥겨운 음악은 내 기분을 더욱 북돋웠다. 처음 경험하는 유럽의 이국적인 풍경과 스페인의 다채로운 매력은 나에게 적잖은 자극을 줬다.

여행이 끝난 뒤에도 한동안 스페인의 매력에서 빠져나오지 못했다. 나는 여행지에서의 경험이 좋으면 '여기서 살아보고

바르셀로나의 다양한 풍경들

싶다'라는 생각을 잠깐씩 하곤 했는데, 스페인에 다녀오고는 그 생각이 꽤 오래 머릿속에 남았다. 친한 친구 중에 호주 워킹홀리데이를 통해 실제 호주에 살아보는 로망을 실현한 친구가 있었다. 호주에서 아르바이트하며 영어를 배우고 틈틈이 여행까지 하다 돌아온 친구는 그 경험이 너무 좋아서 다른 나라로 또 워킹홀리데이를 가고 싶다고 했다. 그 친구를 보고 아이디어를 얻은 나는 스페인 워킹홀리데이에 대해 찾아보기 시작했다. 마침 스페인어는 예전부터 배우고 싶은 언어였고, 다시 아르바이트부터 시작하더라도 스페인에 살면 지금보다는 삶이 즐거워질 것 같았다. 하지만 당시는 한국과 스페인의 워킹홀리데이 협정이 맺어지기 전이었으므로, 조금의 검색을 거쳐 이 아이디어는 당장 실현 불가하다는 결론이 내려졌다. 아쉽지만 여행으로라도 다시 스페인에 가기를 기약하며 이 생각은 접게 되었다.

그렇게 여행의 즐거움은 점점 잊혀지고 다시 현실의 슬럼프에서 방황하다 어느 정도의 시간이 흘렀다. 행복했던 여행의 추억을 되새겨 보고자 사진첩에서 스페인 여행 사진을 뒤척여 보았다. 사진을 보고 있으니, 그때의 기억이 새록새록 떠오르며 또 여행을 떠나고 싶다는 생각이 내 머릿속을 가득 채웠다. 문득 워킹홀리데이가 다시 떠올랐다. 꼭 스페인이 아니더라도 유럽의 다른 나라에서 살아보면 어떨까 하는 생각이 들었다.

바로 검색창을 열고 유럽 나라들의 워킹홀리데이를 찾아보았다. 영어권 나라인 영국과 아일랜드의 워킹홀리데이가 눈에 띄었다. 그중에도 영국은 보통 기간이 1년인 다른 나라와 다르게 워킹홀리데이 기간이 2년으로 상당히 긴 편이고, 아일랜드보다 평균 연봉도 높았다. 결정적으로 이 비자로 흔히 생각하는 아르바이트뿐 아니라 풀타임 직업도 가질 수 있다는 걸 알게 되었다.

워킹홀리데이로 외국에 가면 아르바이트생으로 살아야만 하는 줄 알았는데, 영국에서 경력을 살려 개발자로 취업할 기회가 보였다. 취업만 된다면 영국에서 2년간 개발자로 일하며 경력 단절 없이 유럽에서의 삶을 경험해 볼 엄청난 기회였다. 한국에서보다 돈도 더 많이 벌고 유럽 여행도 실컷 할 수 있을 거라는 생각을 가지고 환상 속 영국 개발자의 삶을 그려보기 시작했다. 주중에는 유럽 각국에서 온 글로벌 인재들과 일하고 주말에는 기차를 타고 파리 여행을 가는 삶이랄까. 상상만 해도 너무 설렜다. 영국 워킹홀리데이는 슬럼프에 빠져있던 당시의 나에게 꼭 필요한 기회로 보였다.

'아, 이거구나!'

그날로 바로 폭풍 검색에 들어갔다. "영국 워킹홀리데이 신청", "영국 직장생활", "영국 개발자 취업" 등의 키워드가 나의 검색 목록을 장악했다. 매년 1,000명에게 영국 워킹홀리데이에 지원하는데, 보통 이 정원의 두 배 정도가 지원을 해서 이 중 추첨으로 1,000명을 뽑는다고 한다. 그 말은 이론상 내가 지원하면 당첨될 확률이 50%라는 거지만, 블로그에서 본 어떤 분은 무려 네 번을 떨어지고 다섯 번째에 붙었다고 한다. 과연 내가 한 번에 될 수 있을까 하는 의문이 들었지만, 그런 걱정은 접고 일단 지원서를 넣었다. 지원서를 넣은 것만으로도 기분이 벅차올랐다.

영국 워킹홀리데이에 지원하고 합격 결과가 나오기까지는

한 달 정도가 걸린다. 나는 한 달 뒤에 긁을 수 있는 복권을 쥔 사람처럼 애타게 한 달을 기다렸다. '시간 참 빠르다'라는 말을 입에 달고 사는 사람이지만 이때만큼은 시간이 나무늘보처럼 느릿느릿하게 흘렀다. 이렇게 뭔가를 간절히 원하게 된 것도 참 오랜만이었다. 결과가 나오기도 전에 내 마음은 이미 영국에 가 있었고, 마음이 다른 곳에 가 있는 만큼 현재 생활에서의 슬럼프는 깊어져 갔다. 하지만 영국 워킹홀리데이에 합격하면 이 모든 게 해결될 것이다. 영국에서 개발자로 산다는 건 분명 지금과는 다른 멋진 삶이리라.

그렇게 한 달이 지나 워킹홀리데이 합격자를 발표하는 날이 되었다. 당시 합격자는 외교부 워킹홀리데이 인포센터 웹사이트에 이름과 전화번호 뒷자리로 공지되었다. 합격자를 발표하는 날이 평일 오전이어서 나는 그날도 회사에 있었고, 아무도 못 보게 화장실에 들어가 합격자 공지를 확인했다.

"영국 워킹홀리데이 정부후원보증서 발급자: 총 1,000명"

정확히 1,000명의 합격자가 공지된 표가 있었다. 가나다라

순으로 정렬된 합격자 이름 중 떨리는 마음으로 이응을 찾아 스크롤을 내렸다.

"엄지* 1234"

오 마이 갓! 내 이름과 전화번호를 찾는 감격스러운 순간이었다. 믿기지 않아 눈을 비비고 다시 봤지만, 여전히 내 이름이 있었다. 몇 번을 떨어지는 사람도 많다는데 이렇게 한 번에 붙다니, 이것은 분명 운명의 데스티니! 회사 화장실에 있었기 때문에 소리 지르며 기뻐할 수 없었으나 속으로는 감격의 환호를 지르고 있었다. 종교는 없지만 이때만큼은 하나님, 부처님, 알라신께까지 감사드리고 싶은 마음이었다. 워킹홀리데이 합격, 영국으로 향하는 첫걸음이었다.

1장

영국 취업 장벽 뛰어넘기

✧

영국 취업 도전기

영국에서 일할 수 있는 세 가지 경로

'영국에서 일해보고 싶다.'

우연한 계기로 이 생각을 하게 되었다. 그리고 그 생각은 머지않아 간절한 바람이 되었다. 영국에서 만난 주변 지인들을 보면 각기 다른 이유로 영국행을 선택했다. 영화 〈노팅힐〉과 〈어바웃 타임〉에 나온 로맨틱한 런던 분위기에 끌려서, 우아한 영국식 영어를 배우고 싶어서, 혹은 영국 여행을 왔다가 이 나라에 반해버려서. 그 시작이 어떤 로망이었든, 이들은 그저 '좋다'에서 그치지 않고 '살아보고 싶다'라는 꿈을 가졌다. 그리고 그 꿈을 실현하기 위해 영국으로 와 직장을 구하고, 친구를 사귀고, 새 삶을 만들었다.

그렇다면 현실적으로 영국에서 일하면서 살 수 있는 방법은 뭐가 있을까? 일단 외국인 신분으로 영국에서 일을 하려면 취업이 가능한 비자Visa가 필요하다. 취업 비자는 보통 국가 혹은 기업에서 해당 기관에 기여할 잠재력이 보이는 외국인을 선발하여 후원하는데, 이렇게 비자를 지원해 주는 것을 비자 스폰서십Visa Sponsorship이라 부른다. 영국 취업을 위해 한국인이 받을 수 있는 비자 중 대표적인 세 가지를 소개한다.

1. 영국 워킹홀리데이 비자

영국 워킹홀리데이는 한국 청년들이 영국 내에서 최대 2년 동안 자유롭게 취업 및 어학연수를 할 수 있는 제도이다. 만 18세에서 30세 사이 대한민국 국민이라면 누구나 지원할 수 있고, 매년 지원자 중 1,000명이 추첨으로 선정된다. 영국에서는 Youth Mobility Scheme Visa[1]라고 불리며, 이 비자를 받은

1 Youth Mobility Scheme Visa에 관한 공식 정보: https://www.gov.uk/youth-mobility

사람은 영국 내에서 자유롭게 취업할 수 있다. (소수의 특수 직업군 제외).

흔히 알려진 호주나 뉴질랜드 워킹홀리데이의 경우, 기간이 1년으로 제한되어 있어 주로 영어를 배우면서 아르바이트하는 목적으로 활용된다. 반면 영국 워킹홀리데이는 상대적으로 넉넉한 2년의 기간이 주어져서 풀타임 사무직을 구하기에도 무리가 없다. 그래서 실제로 많은 사람이 영국 취업의 등용문으로 워킹홀리데이 비자를 활용한다. 이 비자는 국가에서 지원해 주는 것이기 때문에 회사에서 별도의 비자 스폰서십을 받지 않아도 취업이 가능하다. 나 또한 이런 장점을 누리고자 워킹홀리데이 비자를 통해 취업하는 방법을 선택했다.

2. 영국에서 학업을 마친 후 받는 졸업생 비자

영국에서 학생 비자Tier 4 Visa로 학사, 석사 등의 학업을 마친 사람이라면 졸업생 비자Graduate Visa[2]에 지원할 수 있다. 이 비자를 받으면 영국에서 2년간 대부분의 직군에서 취업 및 프리랜

2 Graduate Visa에 관한 공식 정보: https://www.gov.uk/graduate-visa

서 활동이 가능하고, 워킹홀리데이 비자와 마찬가지로 회사의 비자 스폰서십 없이 취업할 수 있다. 또한 이 비자의 지원 자격 조건에는 나이 제한이 없기 때문에 만 30세가 넘어 워킹홀리데이 비자 지원이 불가능한 사람들도 지원할 수 있다. 이런 분들은 주로 영국 석사 과정을 통해 전문성을 키우고, 공부한 분야에서 취업하기 위해 이 비자를 활용한다. 영국 석사는 대부분 1년 과정이기 때문에 주로 2년인 다른 나라의 석사 과정에 비해 시간을 절약할 수 있다는 장점이 있다.

3. 회사에서 비자 스폰서십을 제공하는 취업 비자

마지막 방법은 비자 스폰서십 제공이 가능한 회사에 취업해 취업 비자Skilled Worker Visa[3]를 받고 일하는 것이다. 지원 자격 조건으로는 비자를 후원하고자 하는 회사가 스폰서십 라이선스를 보유하고 있어야 하고, 지원자가 이 회사에서 받을 연봉이 일정 기준을 넘어야 한다. 또한 지원자의 직군이 공식 비자 사이트에 나열된 직군[4]에 포함되어야 하는데, 사실상 대부분

3 Skilled Worker Visa에 관한 공식 정보: https://www.gov.uk/skilled-worker-visa
4 Skilled Worker Visa에 적격한 직군 목록: https://www.gov.uk/government/publications/skilled-worker-visa-eligible-occupations

의 사무직은 이 목록에 있다고 봐도 무방하다. 이 비자를 받으려면 회사의 스폰서십이 필수인 만큼 회사에 지원하기 전 공식 비자 사이트에서 스폰서십 라이선스[5] 보유 유무를 확인하고, 면접 단계에서 비자 후원이 가능한지 물어보는 게 좋다.

Skilled Worker 비자는 국가가 아닌 회사의 스폰서십을 통해 받는 비자이기 때문에 이 비자로는 해당 회사에서만 일을 할 수 있다. 따라서 이직하고자 하는 경우 새 회사에서 다시 한번 비자 스폰서십을 받아야 하는 번거로움이 있다. 하지만 회사가 지원만 해준다면 이 비자를 가지고 최대 5년[6]까지 일할 수 있으며, 5년이 지난 후에는 영국 영주권 지원 자격이 주어진다.

영국은 이외에도 뛰어난 인재들을 유입하기 위해 다양한 취업 비자를 지원하고 있다. 영국 외에도 일부 글로벌 대학을 졸업한 인재들에게 지원하는 High Potential Individual Visa[7],

5 비자 스폰서십 라이선스를 보유하고 있는 기업 목록: https://www.gov.uk/government/publications/register-of-licensed-sponsors-workers
6 회사에서 비자를 후원할 때 최대 5년까지 기간을 지정할 수 있으며, 후원 기간에 따라 비자 비용도 비례해서 늘어난다.
7 High Potential Individual Visa에 관한 공식 정보: https://www.gov.uk/high-potential-individual-visa

연구·예술 및 문화·디지털 테크놀로지 분야에서 잠재력을 보이는 인재들에게 지원하는 Global Talent Visa[8] 등 새로운 비자 제도를 도입하고 지속해서 비자 정책을 업데이트하고 있다. 한국인이 활용할 수 있는 비자가 생각보다 많으니 공식 비자 사이트를 잘 읽어보며 자신에게 맞는 비자를 찾아보는 것을 권장한다.

영국 취업을 위한 CV 작성하기

구직을 위해 가장 먼저 해야 하는 일은 뭘까? 바로 이력서 쓰기다. 영국에서는 이력서를 CV라고 부르는데, 이는 Curriculum Vitae의 약자이다. "Course of Life"라는 뜻을 지닌 이 라틴어 단어는 한국어로 번역하면 "삶의 과정"이다. 내 삶의 과정을 A4용지 종이 한두 장 안에 다 담아야 한다니 여간 어려운 일이 아니었다. 더군다나 첫 직장에서 3년 반 동안 이직 시도 한 번 해보지 않아서 이력서도 업데이트가 안 된 지 오래였다.

8 Global Talent Visa에 관한 공식 정보: https://www.gov.uk/global-talent

4년 만에 이력서를 쓰려고 책상 앞에 앉으니, 어디서부터 시작해야 할지 막막했다.

한국의 이력서와 영국 CV의 차이점은?

영국의 CV는 정해진 형식 없이 자유롭게 작성하면 된다. "CV example"이라는 키워드로 예제를 검색해 보면 여러 스타일의 템플릿을 찾을 수 있으니, 그중 마음에 드는 걸 골라서 사용하면 된다. 공통으로 기재해야 하는 정보는 연락 가능한 전화번호와 이메일 주소, 최종 학력과 전공과목, 그리고 이전 직장에서 지금까지 했던 업무 경력이다. 관련 교육을 받았거나 자격증을 땄다면 그것도 기재하면 좋다. 여기까지는 한국의 이력서와 크게 다르지 않다.

한국의 이력서와 다른 점은 영국의 CV에는 일과 관련 없는 정보는 넣을 필요가 없다는 점이다. 한국에서 이력서에 흔히 넣는 지원자의 사진이나 가족 관계는 영국의 CV에서는 보기 어렵다. 오히려 이런 쓸데없는 걸 기재하면 이력서를 읽는 쪽에서 이상하게 생각할 정도다. 다시 생각해 보니 한국에서 당연하게 받아들이고 넣었던 증명사진과 가족 관계 항목이 왜

GILDONG HONG

Software Engineer

gildong.hong@gmail.com 000-0000-0000 London, UK linkedin.com/in/gildong-hong github.com/gildong-hong

SUMMARY

Enthusiastic and highly skilled Software Engineer with a passion for developing innovative solutions. Proven expertise in full-stack web development, agile methodologies, and building scalable applications. Detail-oriented and committed to delivering high-quality code on time. Possesses excellent problem-solving and communication skills. Excited to leverage my technical acumen to drive software excellence.

EXPERIENCE

Software Engineer IV

XYZ Tech Solutions

July 2020 - Present London, UK

- Collaborate with cross-functional teams to design, develop, and deploy web applications using the latest technologies.
- Implement and maintain scalable backend services using Java and Spring Framework, handling high-volume data and ensuring optimal performance.
- Lead frontend development efforts, utilizing React.js to build intuitive user interfaces and enhance user experience.
- Contribute to the complete software development lifecycle, from concept and design to testing, deployment, and maintenance.
- Investigate and resolve complex technical issues, reducing software bugs by 30% through rigorous debugging and testing.
- Actively participate in code reviews, providing constructive feedback to team members to improve code quality and standards.

Software Engineer

K Software

June 2018 – June 2020 Seoul, South Korea

- Assisted in developing and testing software modules under the guidance of senior developers.
- Contributed to the design and implementation of RESTful APIs for a mobile application project.
- Gained hands-on experience with database management systems, including SQL queries and data manipulation.
- Collaborated with the QA team to identify and fix software defects, improving overall application reliability.

KEY SKILLS

Development: Python Django JavaScript React Java Spring Framework GraphQL

Infrastructure: MySQL PostgreSQL MongoDB AWS Azure GCP

EDUCATION

B.Sc. in Computer Science

ABC University

2013 – 2017 South Korea

CERTIFICATIONS

AWS Certified Developer - Associate

Amazon Web Services

April 2021

AWS Certified Solutions Architect - Associate

Amazon Web Services

December 2019

VOLUNTEERING

Mentor

Software Engineer Mentoring

December 2021 – July 2022

I provided free mentoring sessions to junior software engineers to help them with their career development.

영국 CV 예시

회사 지원에 필요한지 전혀 이해가 가지 않았다.

한국에서 골머리를 썩였던 자소서도 영국에서는 굳이 작성할 필요가 없다. 짧은 분량의 Cover Letter(편지 형식으로 자기 경력을 설명하는 글)를 자율적으로 내도 되지만, 어디까지나 선택적인 항목이며 한국의 자소서처럼 주제가 정해져 있는 것도 아니다. 영국의 CV는 그저 군더더기 없이 자신의 기본 정보와 경력을 기재하는 곳이다. 일과 관련 없는 내용도 적어야 하는 한국의 이력서보다는 훨씬 깔끔해 보인다.

영국식 CV 잘 쓰는 세 가지 팁

어떤 템플릿을 이용해 CV를 작성할지 정했다면 다음은 경력에 관한 내용을 채워 넣을 차례다. 영국식 CV를 작성할 때 유용한 세 가지 팁을 공유한다.

1. 중요한 내용만 선별해서 적기

채용 담당자는 하루에도 수십 통이 넘는 이력서를 읽는다. 지원자의 입장에서는 자신이 한 일을 최대한 많이 적어 내가 이렇게 다양한 일을 했다는 걸 어필하고 싶겠지만, 필요 이상으로 긴 이력서는 읽는 사람을 지루하게 해서 오히려 역효과를 내기 십상이다. 좋은 CV를 쓰기 위해서는 본인의 경력 중 가장 중요한 것들을 선별하여 몇 줄 안에 임팩트 있게 담아야 한다. CV 분량은 지원자의 경력에 따라 다르겠지만, 1~2장 이내로 작성하는 것이 일반적이다.

2. 링크드인 활용하기

자신이 한 일 중 어떤 경력이 가장 중요한지 선별하기 어렵다면, 링크드인LinkedIn을 활용해 보자. 링크드인은 커리어 포트폴리오, 네트워킹, 구직 및 구인을 위해 사용하는 플랫폼이다. 여기서 대표적으로 참고할 만한 것은 채용 공고와 다른 지원자의 프로필이다.

여러 채용 공고를 보다 보면 어느 정도 패턴이 보인다. 그 패턴을 찾아 자기 이력서에 응용하는 게 포인트다. 많은 회사에서 요구하는 기술을 활용해서 일한 경험을 이력서에 기재하고, 이들이 선호하는 인재상을 참고하여 이력서의 톤 앤 매너를 정돈하자. 정말 가고 싶은 회사가 있다면 그 회사에 맞게 더 커스터마이징해도 좋다. 이렇게 맞춤 수선된 이력서를 읽는 채용 담당자는 마치 그 회사에 딱 맞는 지원자를 찾은 듯한 느낌을 받을 것이다.

채용 공고에서도 충분한 힌트를 얻지 못했다면, 비슷한 경력을 가진 다른 지원자의 프로필을 참고하는 방법도 있다. 보통 링크드인 프로필에는 사용자들이 본인의 경력을 상세하게 올려놓기 때문에, 이를 공개적인 이력서 창고라고 봐도 무방하다. 여기서 간단한 검색을 통해 같은 직군 지원자들의 정보를 쉽게 찾을 수 있고, 이들이 어떤 이력을 주로 기재했는지 참고하여 영감을 얻을 수 있다.

3. 영문 완성도 높이기

아무리 CV에 기재된 경력이 탄탄해도 그 본질이 제대로 전달되지 않는다면 무용지물이다. CV는 결국 영어로 작성하는 것이기 때문에 영문 완성도를 높여야만 내용을 온전히 담을 수 있다. 스펠링 실수를 하거나 문법을 틀리지 않기 위해서는 자동 문법 체크 툴의 도움을 받는 것이 좋다. "Grammar check tool"이라고 검색하면 여러 옵션을 찾을 수 있다. 영국에서 가장 보편적인 문법 체크 툴은 Grammarly이며, 최근에는 Chat

GPT도 많이 사용되고 있다. 하지만 기계가 체크하는 것에는 어쩔 수 없는 한계가 있으니 직접 여러 번 확인하는 것은 필수다.

영어에서는 문법뿐 아니라 톤 또한 중요하다. 본인의 경력을 좀 더 임팩트 있게 전달하기 위해서는 수동적인 느낌을 주는 동사보다는 능동적인 느낌을 주는 동사를 사용하는 게 좋다. 예를 들어 '도와줬다'의 의미를 가진 'helped'를 사용하면 프로젝트의 일부분에만 기여한 것 같은 수동적인 느낌을 주지만, '성취했다'라는 뜻의 'accomplished'를 쓰면 보다 능동적으로 프로젝트를 진행한 듯한 인상을 줄 수 있다. 구글에 "CV action verbs"라고 검색하면 CV에 쓰기 좋은 능동적 단어들을 찾을 수 있다. 비슷한 의미를 가진 단어의 사소한 차이가 전혀 다른 톤을 만들어 내기도 하니, 능동적인 느낌을 주는 단어를 잘 찾아서 자신감 있는 톤을 완성하자.

영국 면접 시장에 뛰어들다

영국의 구직 방식

만족할 만한 CV를 완성했다면 그다음은 본격적으로 구직 활동을 시작할 차례다. 영국에서는 대졸 신입을 제외하고는 공채가 거의 없다. 경력직은 대부분 수시 채용이기 때문에, 채용 시즌을 기다릴 필요 없이 그냥 준비되면 바로 지원하면 된다. 영국에서 구직하는 방법은 크게 세 가지가 있다.

1. 직접 지원

지원자가 직접 회사의 채용 공고를 보고 마음에 드는 회사에 지원서를 제출하는 방식이다. 영국에서 자주 쓰이는 채용 공고 사이트는 리드(https://www.reed.co.uk), 인디드(https://uk.indeed.com), 링크드인 잡스(https://www.linkedin.com/jobs)가 있다. 원하는 직무와 지역을 입력하여 검색하면 관련 채용 공고가 나온다. 이 결과 내에서 산업 분야, 회사명, 예상 연봉 등을 지정해 필터링해 볼 수 있으며, 코로나 이후로는 재택근무 가능 여부까지 필터링 조건에 추가되었다.

2. 구직 플랫폼 이용

지원자가 구직 플랫폼에 프로필을 올려놓으면, 채용 담당자가 보고 관심 있는 구직자에게 먼저 면접 요청을 하는 방식이다. 영국에서 내가 직접 사용해 본 구직 플랫폼은 하이어드(https://hired.com)와 탈렌트닷아이오(https://www.talent.io)가 있었다. 탈렌트닷아이오는 기술 직군에 한해 지원하는 반면, 하이어드의 경우 개발자, 기획자, 디자이너, 영업 등 다양한 직군의 구직자들이 활용할 수 있다.

구직 방식은 지원자의 프로필 작성으로 시작된다. 프로필에는 자신이 원하는 직무 및 근무 지역, 현재까지의 경력, 비자 조건 등을 기재해야 하며, 더불어 CV도 첨부할 수 있다. 재미있는 기능은 희망 연봉을 기재할 수 있다는 건데, 구직자의 프로필을 보고 이 조건을 맞춰줄 의향이 있는 채용 담당자만 연락하므로 연봉에 관한 질문으로 소모되는 시간을 절약할 수 있다.

프로필을 완성하면 구직자의 프로필이 채용 담당자 전용 페이지에 공개된다. 그러면 구직자가 직접 채용 공고를 찾아

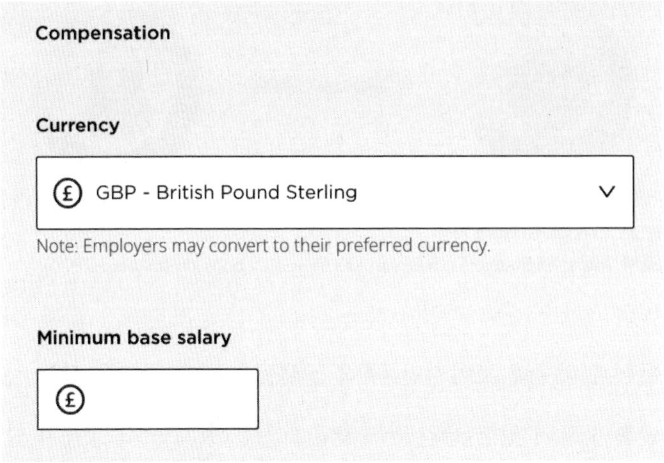

하이어드 희망 연봉 기입란 (출처: https://hired.com)

볼 필요 없이, 채용 담당자가 직접 구직자의 프로필을 보고 면접을 제안한다. 채용 담당자가 면접을 요청할 때는 회사 소개, 직무에 관한 설명, 대략적인 연봉 등의 정보를 포함해 메시지를 보낸다. 지원자는 그 메시지를 보고 마음에 들면 면접에 응하면 된다.

3. 링크드인 이용

채용 담당자가 링크드인 프로필을 보고 잠재적 구직자에게 먼저 연락해서 면접으로 이어지는 방식이다. 얼핏 들으면 2번

링크드인 open to work 기능
(출처: https://digitalworks.dk/en/artikler/new-functions-on-linkedin-2020)

방식과 비슷해 보이지만, 구직 플랫폼은 현재 구직을 하는 사람들이 모여 있는 곳인 반면 링크드인은 현재 구직 상태와 상관없이 모든 사람이 이용하는 플랫폼이라는 점이 다르다. 따라서 구직 플랫폼에서의 면접 요청이 실제 면접으로 성사될 확률이 훨씬 높다.

요즘은 링크드인에 "open to work"라는 기능이 추가되어 구직자가 프로필에 구직 상태를 알릴 수 있게 되었다. 이 배너를 달아 놓으면 채용 담당자의 눈에 띄기 쉬워져 회사로부터 먼저 면접 요청을 받을 확률을 높일 수 있다.

본격 면접의 시작

"저희 회사는 현재 ○○팀에 함께 할 개발자를 찾고 있습니다. 지현 님의 프로필을 보고 이 포지션에 잘 맞을 것 같아 연락드렸는데요, 전화로 조금 더 자세한 얘기를 나눌 수 있을까요?"

이력서를 구직 플랫폼에 올린 다음 날, 하루에만 여섯 개의 회사에서 연락이 왔다. 나와 면접을 진행하고 싶다는 채용 담당자의 연락이었다. 다음날은 추가로 몇 개의 회사에서 또 메시지를 받았고, 그렇게 며칠간 계속 새로운 회사의 메시지가 쌓여 갔다. 지난주만 해도 혼자 막막해하며 이력서를 업데이트하던 내가 불과 며칠 만에 여러 회사의 면접을 동시에 진행하는 입장이 된 것이다. 런던에서 개발자 수요가 높다는 말이 제대로 실감 나는 순간이었다.

채용 담당자들이 보내온 메시지를 하나하나 읽어 보았다. 생소한 이름의 스타트업, 한 번쯤 이름을 들어본 중견기업, 그리고 글로벌 대기업까지 다양한 회사에서 연락이 왔다. 영국에서 일자리만 구할 수 있으면 좋겠다는 마음으로 시작했는

런던 타워브리지

데 이렇게 많은 회사에서 관심을 받다니 신기할 따름이었다. 아직 채용된 것도 아닌데 괜히 들떠서 '역시 런던에 온 건 탁월한 선택이었어'라며 스스로를 칭찬했다. 기쁜 마음을 잠시 가라앉히고 채용 담당자들에게 면접에 응하겠다는 답장을 보냈다. 그렇게 영국에서의 면접이 본격적으로 시작되었다.

1단계: 채용 담당자와의 전화 미팅

1단계는 채용 담당자와 30분 남짓의 간단한 대화를 나누는 단계다. 짧은 미팅이기 때문에 주로 전화나 영상 통화로 진행된다. 이 시간에 지원자는 본인의 경력에 관한 간단한 설명을 하고, 채용 담당자는 모집 중인 직무 및 회사를 소개한다. 이 단계에서 기술적인 질문을 받는 경우는 거의 없으며, 그냥 서로를 알아가는 시간이라고 생각하면 된다. 궁극적으로 이 단계를 통해 채용 담당자는 지원자가 이 직무에 알맞은 사람인지 파악하고, 지원자는 이 회사가 본인이 원하는 커리어 방향과 잘 맞는지 판단한다.

[면접관 질문 예제]

• 현재까지의 경력을 간단히 설명해 주세요.

• 이전 직장에서는 어떤 기술을 사용했나요?

• 다음 직장에서 바라는 것은 무엇인가요?

영어 실력에 자신이 있다면 1단계는 무난하게 통과할 수 있다. 그냥 솔직하게 질문에 답하면 되기 때문에 부담 없이 임해도 되는 수준이다. 하지만 만약 영어 실력이 부족하다면, 몇 가지 예상 질문을 검색해서 미리 영어로 답변을 적어 두고 연습하는 게 좋다. 적어둔 내용을 소리 내어 읽어 보면서 최대한 답변을 입에 익혀야 면접 때도 당황하지 않고 대답할 수 있다.

보통 면접관이 질문을 다 하면 지원자에게도 질문할 시간을 주는데, 이때 물어볼 내용을 미리 생각해 두면 좋다. 질문을 통해 여기가 앞으로 면접 볼 시간을 투자할 만한 가치가 있는 회사인지 분별해 내야 한다. 자신에게 중요하다고 생각되는 요소를 몇 가지 추려서 이에 관한 질문을 준비해 두면 도움이 된다.

[지원자 질문 예제]

• 모집 중인 팀에서는 주로 어떤 일을 하나요?

- 팀원 구성은 어떻게 되나요?
- 이 직무에서 중요하게 생각되는 능력은 어떤 게 있나요?

나의 경우 1단계 면접은 무난하게 진행되었다. 면접보다는 동료와의 가벼운 대화 같은 느낌이어서 대부분 어렵지 않게 통과했다. 면접이 하나씩 다음 단계로 넘어가기 시작했고, 영국에서 개발자가 되는 목표에 한 발짝 가까워진 느낌이었다. 설레고 기쁜 마음으로 남은 면접에 임했다.

기술 면접의 벽에 부딪히다

서류부터 1단계 면접까지 생각보다 수월하게 합격하고 나니, 기쁨과 동시에 약간의 자만심도 올라왔다. 처음으로 써본 영국식 CV도 좋은 반응을 얻었고, 채용 담당자와의 미팅도 대부분 통과했다. '역시 나는 준비된 인재였던 건가?' 하는 자신감이 차올랐다. 하지만 아직 가장 중요한 기술 면접 단계가 남아 있었다. 나의 고난은 이때부터 시작되었다.

2단계: 기술 면접

채용 담당자와의 1단계 면접을 통과하면 다음 단계인 기술 면접으로 넘어간다. 영국 개발자 면접에서 2단계 기술 면접은 크게 세 가지 방식으로 나뉜다.

1. 라이브 코딩 테스트

'라이브' 코딩이라는 이름답게 면접관과 영상 통화를 하며 실시간으로 면접관이 내는 문제를 코드로 구현하는 방식이다. 2단계에서 가장 흔하게 볼 수 있는 면접 방식이며, 45분~1시간 정도의 시간제한이 있다. 이 시간에는 주로 단시간 안에 풀 수 있는 알고리즘 문제가 출제된다.

2. 온라인 코딩 테스트

이 유형은 라이브 코딩 테스트와 비슷하나 면접관이 지켜보지 않는다는 차이가 있다. 원하는 시간에 코딩 테스트를 볼 수 있는 링크가 제공되며, 링크에 접속해 시작 버튼을 누르면 제한 시간(보통 1~2시간) 카운팅이 시작된다. 그 시간 안에 주어진 문제를 코드로 구현해야 하며, 만약 제한 시간 안에 다 풀지 못하면 그 상태로 시험이 제출된다. 보통 라이브 코딩과 비슷하게 단시간 안에 풀 수 있는 알고리즘 문제가 출제된다.

3. 코딩 과제

코드로 구현해야 하는 기능 목록이 과제로 제시되고, 제한 기간(보통 일주일 정도) 안에 코드를 작성해서 보내면 면접관이 평가하는 방식이다. 앞의 두 방식에 비해 비교적 넉넉한 시간이 주어지지만, 그만큼 작성해야 할 코드도 많고 신경 써야 할 부분도 많다. 보통 코딩 과제로는 알고리즘 문제보다는 실질적으로 현업에서 볼만한 문제가 출제된다.

높디높은 기술 면접의 벽

사실 영국에서 기술 면접이 어떤 방식으로 진행되는지 면접을 보고 나서야 알았다. 한국에서도 이직 시도를 한 번도 해본 적이 없었기에 기술 면접에 관해서는 아는 게 거의 없었다. 코딩 테스트가 있다는 건 대충 알고 있었지만, 정확히 어떤 방식으로, 어떤 난이도로 나오는지는 몰랐다. 그저 평소 실력대로 보면 되는 수준인 줄 알았고, 별다른 준비 없이 면접에 뛰어들었다.

2단계 면접에서 나오는 세 가지 방식의 공통점은 시간제한이 있다는 점이다. 실제 회사에서 업무를 할 때는 이렇게 한 시간 단위로 시간을 제한받으며 일하는 경우는 극히 드물다. 그래서 이런 방식의 면접은 연차가 높은 개발자에게도 별도의 연습 없이는 어려운데, 하물며 이직 준비 한 번 안 해본 4년 차 개발자에게 이런 면접이 쉬울 리가 없었다. 그런 줄도 모르고 평소 실력만 믿고 공부도 안 했으니 어찌나 무지했던가. 돌이켜 보면 그럴 만한 실력도 아니었는데 말이다.

나의 첫 라이브 코딩 테스트가 시작되었다. 면접관이 내주는 문제를 보고 당황스러움을 감출 수 없었다. 생각보다 훨씬 어려운 난이도의 알고리즘 문제가 출제되었기 때문이다. 평소에 쓰는 코드의 레벨이 간단한 산수 수준이라면, 면접에 나오는 알고리즘 문제는 미적분 수준이었다. 실제 업무에서 접할 일이 거의 없는 유형이었기에 경험을 토대로 풀 수 있는 문제도 아니었다. 짧은 시간 안에 이렇게 어려운 문제를 풀려고 머리를 쥐어짜고 있자니 식은땀이 다 흘렀다.

시간은 계속 흘러가고 면접관은 나를 지켜보고 있는데, 문제의 답은 좀처럼 떠오르지 않았다. 어떻게든 생각나는 대로 코드를 한 줄 한 줄 써나가기 시작했으나, 제한 시간 안에 다 풀기에는 무리였다. 계속 시계를 계속 흘끔흘끔 보고 있자니 마음만 조급해지고 집중력은 더 떨어져 갔다. 게다가 면접관이 지켜보고 있다는 압박감 때문에 평소에 잘 쓰던 코드도 버벅거렸다. 결국 문제를 다 풀지 못한 채로 제한 시간이 다 지나갔고, 그렇게 나의 첫 라이브 코딩 테스트가 허무하게 끝나버렸다.

"저희 회사 면접을 위해 시간 내주셔서 감사합니다. 팀 내에서 진지하게 고려해 본 결과, 아쉽게도 이번에는 다음 단계로 진행하지 못하게 되었습니다."

라이브 코딩 테스트가 끝나고 며칠 후 첫 불합격 메일을 받았다. 준비가 미흡했던 나에게 당연한 결과였으나, 마음 한편에 씁쓸한 기분이 드는 건 어쩔 수 없었다. 면접 문제가 이렇게 어려운 줄 알았더라면 한국에서부터 준비를 단단히 하고 왔을 텐데 그것도 모르고 지금껏 놀기만 한 지난날들이 후회됐다. 하지만 불행 중 다행으로 나에게는 아직 많은 면접이 남아 있었다. 여러 면접을 몰아서 진행하는 게 버거웠지만, 이 버거움 뒤에는 '이 중의 하나는 합격하지 않을까?' 하는 희망이 있었다. 그 작은 기대가 큰 위안이 되었다. 씁쓸한 마음을 애써 털어내고 다음 면접을 준비했다.

최종 면접이 다섯 시간이라고요?

영국에서 처음으로 본 기술 면접에서 빛의 속도로 탈락하자 정신이 바짝 들었다. 아쉽게 탈락했다면 그냥 '이 회사가 나와 안 맞았나 보다'라고 생각하고 넘어갈 수도 있었겠지만, 그 정도가 아니었다. 영국의 코딩 테스트는 예상보다 훨씬 어려웠고, 그에 비해 내 실력은 생각보다 한참 모자랐다. 그동안 내가 면접을 너무 쉽게 생각했다는 걸 단숨에 깨달았다. 그래도 다행히 아직 면접을 진행 중인 회사가 꽤 많이 남아있었으므로, 남은 면접에 최선을 다하자며 다시 마음을 다잡았다.

여러 면접을 동시에 진행하느라 어느 때보다 바쁜 하루하루를 보냈다. 채용 담당자와의 1차 면접이 잡히면 그전에 회사와 직무에 대한 조사를 하고, 2차 기술 면접이 잡히면 미리 알고리즘 문제를 풀어보며 공부했다. 하지만 부족한 실력을 단기간에 끌어올리는 건 무리였기에, 채용 담당자와의 면접은 잘 통과해도 기술 면접 단계를 넘지 못하는 경우가 대부분이었다. 그렇게 연이은 탈락 소식에 지쳐가던 와중에 좋은 소식이 들려왔다. 한 회사에서 2차 면접을 통과해 최종 면접에 초대받은 것이다.

3단계: 최종 면접

최종 면접은 직접 회사 사무실에 가서 보는 면접이라 온사이트on-site 면접이라고도 불리는데, 코로나 이후로는 이마저도 원격으로 진행되는 경우가 많다. 이 단계는 보통 짧으면 3시간, 길면 5~6시간까지도 진행된다. 상당히 긴 시간이 소요되는 단계이기 때문에 지원자뿐 아니라 회사에서도 면접을 주관하는데 많은 시간과 공을 들인다. 회사에서 시간은 곧 돈이므로 아무 지원자나 불러서 장시간의 면접을 진행하는 건 상당한 낭비다. 따라서 최종 면접에 부를 만한 실력을 갖춘 지원자를 가려내기 위해 2차 기술 면접에 어느 정도 난도가 있는 코딩 테스트를 제출하는 것이다.

최종 면접은 한 시간마다 다른 방식으로 진행된다. 2단계에서 나왔던 라이브 코딩 테스트가 여기서도 재등장하며, 이외에도 이론적 기술 면접, 시스템 설계, 인성 면접 등의 유형이 나온다. 회사마다 최종 면접 진행 방식은 조금씩 다르지만, 흔히 볼 수 있는 조합은 아래와 같다.

- **3시간인 경우:** 라이브 코딩 테스트 1시간 + 시스템 설계 1시간 + 인성 면접 1시간
- **4시간인 경우:** 라이브 코딩 테스트 2시간 + 시스템 설계 1시간 + 인성 면접 1시간
- **5시간인 경우:** 라이브 코딩 테스트 2시간 + 이론적 기술 면접 1시간 + 시스템 설계 1시간 + 인성 면접 1시간

이론적 기술 면접

코딩 문제가 아닌 이론적인 기술 질문을 여러 개 묻고 답하는 방식이다. 컴퓨터 공학 지식부터 특정 프로그래밍 언어 관련 지식까지 광범위한 분야에서 다양한 질문이 나온다. 상세한 질문은 지원 분야 및 각 회사의 기술 스택에 따라 다르다. 대표적으로는 프론트엔드 개발자 직군의 경우 Javascript,

React, 브라우저 작동 방식 관련 질문이 출제되고, 백엔드 개발자 직군의 경우 Java, Spring, 객체지향 프로그래밍 관련 질문이 출제된다.

[질문 예제]

- 브라우저에 www.google.com을 치면 페이지가 로딩되기까지 어떤 과정을 거치나요?
- 객체지향 개발의 5원칙(SOLID 원칙)에 대해 설명해 주세요.

시스템 설계

특정 프로덕트의 전체 시스템 또는 일부를 설계하는 면접이다. 예를 들어 트위터를 설계하라는 문제가 나온다면, 어떤 방식으로 서비스를 나누고, 각 서비스에 어떤 데이터베이스를 사용할 것이며, 높은 사용자 트래픽은 어떻게 처리할지 등을 설명해야 한다. 현실적으로 한 시간 안에 상세한 시스템 설계를 하기는 어려우므로, 질문을 통해 면접관이 원하는 것이 무엇인지 알아내어 전체 시스템을 넓고 얕게 훑거나 한 부분을 집중적으로 파면 된다. 이 유형은 주니어 레벨보다는 시니어 레벨의 면접에서 주로 출제된다.

[질문 예제]

- 실시간 채팅 앱을 설계하세요.
- 검색창의 자동 완성 기능을 설계하세요.

인성 면접

지원자가 이 회사와 팀 문화에 잘 맞는지 평가하는 면접이다. 지원자의 성향을 파악하기 위한 질문이 다양하게 출제된다. 실제 경험에 기반한 질문을 하기도 하고, 있을 법한 상황을 가정하는 질문을 하기도 한다. 이 면접에서 기술적인 문제가 나오지는 않는다.

[질문 예제]

- 동료와 의견이 달랐던 적이 있다면 그 의견 차이를 어떻게 해결했는지 설명해 주세요. (경험 기반)
- 만약 동료가 팀원들의 공을 가로채서 상사에게 잘 보이려고 한다면 어떻게 할 것인가요? (상황 가정)

도망치고 싶었던 최종 면접의 현장

내가 처음으로 보게 된 최종 면접은 다섯 시간짜리였다. 한 시간 남짓 되는 면접도 겨우 통과했는데, 다섯 시간이나 되는 면접을 어떻게 볼지 막막했다. 면접 시간이 길 뿐 아니라 난이도도 이전 단계보다 훨씬 높아서 더 많은 준비를 해야 했다. 하지만 당시 나는 다른 회사들과 1, 2차 면접을 계속 보고 있었기 때문에 이 면접 준비에 할애할 시간이 턱없이 부족했다. 그렇다고 모든 걸 내려놓고 합격할지 아닐지도 모르는 면접에 몰빵할 수는 없었다. 결국 준비가 충분히 되지 않은 상태로 면접일이 다가왔고, 바짝 긴장된 상태로 나의 첫 최종 면접을 볼 회사 사무실에 도착했다.

첫 시간은 이론적인 기술 면접 시간이었는데, 시작부터 예상치 못한 어려운 질문들이 쏟아졌다. 차라리 코딩 테스트면 당장 답을 몰라도 뭐라도 한 줄 적으며 시간을 끌 수 있었을 텐데 말로 대답해야 하는 면접이라 더 까마득했다. 정답은 몰라도 어떻게든 대답은 해야 했기에 전 회사에서 일했던 경험을 더듬어 보며 비슷한 답안이라도 찾으려 안간힘을 썼다. 그렇게 해서 얼추 대답한 질문도 있었지만, 감도 못 잡고 헤맨 질문이 대부분이었다. 면접관이 이것도 대답 못 한다고 나를 형편없다고 생각할 걸 떠올려 보니 부끄러운 마음에 얼굴이

빨갛게 달아올랐다. 쥐구멍이라도 있으면 숨고 싶은 심정이었다. 한 시간이 열 시간처럼 길게 느껴졌다.

'아, 집에 가고 싶다…'

면접 첫 시간이 끝나고 가장 먼저 든 생각이었다. 어떻게든 질문에 대답하려고 바쁘게 머리를 굴리다 보니 한 시간 안에 모든 체력이 다 소진된 것 같았다. 이렇게 힘겹게 한 시간을 넘겼는데 이런 면접이 네 시간이나 더 남아 있다니 암담했다. '어차피 망한 것 같은데 그냥 포기하고 집에 간다고 할까?' 하고 진지하게 고민하던 찰나에 다음 면접관이 들어왔다. 더 이상 고민할 시간이 없었다. '그래, 기왕 시작한 거 끝까지 해야지.' 다시 정신을 차리고 마음을 가다듬었다.

하지만 남은 면접도 만만치 않았다. 라이브 코딩 테스트 두 시간, 시스템 설계 면접 한 시간, 그리고 인성 면접 한 시간이 남아 있었다. 첫 면접만큼 괴로운 시간이 계속되었다. 면접 하나가 끝날 때마다 다 때려치우고 도망가고 싶은 마음이 턱 끝까지 올라왔다. 그때마다 다시 마음을 바로잡고, 어떻게든 끝

면접을 보고 집에 돌아오면서 찍은 런던의 저녁 하늘

내자는 생각으로 버텼다. 여기까지 와서 이대로 포기해 버리면 나 자신에게 너무 창피할 것 같았다. 스스로 당당하기 위해서라도 끝까지 버텨야 했다.

그렇게 힘겨운 다섯 시간의 면접을 겨우 마치고 사무실을 나오며 나는 직감했다. 이 면접은 떨어졌을 거라고. 준비되지 않은 상태로 장시간의 기술 면접을 본다는 게 얼마나 힘든 일인지 몸소 경험하고 나서야 깨달았다. 집에 도착하니 그간의 긴장이 싹 풀려 온몸의 힘이 다 빠졌다. 침대에 털썩 주저앉아 거울을 보니 몇 시간 만에 눈 밑 다크서클이 한층 짙어져 보였다. 그래도 온 힘을 다해서 할 수 있는 만큼 다 했다는 걸 짙어진 다크서클이 증명해 주었다. 면접 결과는 좋지 않더라도, 도망치지 않고 끝까지 면접을 잘 마친 나 자신에게 이 말을 꼭 해주고 싶었다.

"고생 많았어. 다음엔 더 잘할 거야."

다시 기본부터, 제대로 면접 준비하기

영국에 와서 내가 처음으로 택한 구직 전략은 '면접의 모수를 늘리자'였다. 힘들게 많은 회사와의 면접을 몰아서 진행한 것도, 한 회사와 최종 면접이 잡혔음에도 다른 회사와의 면접을 멈출 수 없었던 것도 다 그 때문이었다. '이 중 하나는 되겠지'라는 안일한 생각을 가지고 부족한 실력을 면접 횟수로 커버해 보려 했다. 하지만 수많은 회사에서 2차 기술 면접 단계에 탈락하고, 그나마 초대받은 최종 면접까지 떨어지고 나니 이 전략의 실패를 인정할 수밖에 없었다.

예상대로 런던에 개발자 수요가 높은 것은 사실이었으나, 아무 개발자나 채용하는 회사는 없었다. 모든 회사는 실력을 갖춘 개발자를 원한다. 그리고 서류 단계 이후에는 오로지 면접만이 지원자의 실력을 증명할 유일한 방법이다. 면접이 꼭 이렇게 길고 어려워야 하는지 의문이 들기도 했지만, 면접 프로세스가 얼마나 합리적인지를 따지는 데 시간을 낭비하기보다는 그 시간에 면접을 통과할 수 있도록 충분한 준비를 하는 쪽이 더 효율적이다.

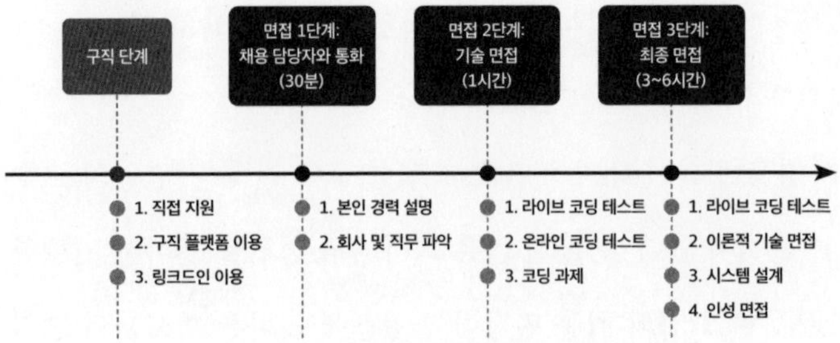

영국 개발자 면접 과정

그래서 내가 채택한 새로운 전략은 '면접 하나를 봐도 제대로 보자'였다. 닥치는 대로 보던 면접을 잠시 멈추고, 기술 면접에 대비하기 위해 공부하는 시간을 가졌다. 당시 백수 신분으로 구직 준비만 한 지 이미 한 달이 지난 시기였으므로 가져온 돈이 점점 떨어져 갔고, 그만큼 면접 준비를 새롭게 시작할 마음의 여유도 줄어들었다. 하지만 제대로 준비되지 않은 상태로 계속 면접만 봤다가는 남은 회사도 다 탈락할 기세였기에 별다른 선택지가 없었다. 앞으로의 면접은 양보다 질로 승부해야겠다고 판단했고, 이를 위해 본격적으로 공부에 돌입했다.

회사 지원 단계부터 최종 면접까지의 전체 과정을 다시 정리해 보면 아래와 같다.

구직 단계

- 직접 지원
- 구직 플랫폼을 이용하여 지원
- 링크드인을 이용하여 지원

면접 1단계: 채용 담당자와의 통화(30분)

- 본인 경력 설명
- 회사 및 직무 파악

면접 2단계: 기술 면접(1시간)

- 라이브 코딩 테스트
- 온라인 코딩 테스트
- 코딩 과제

면접 3단계: 최종 면접(3~6시간)

- 라이브 코딩 테스트
- 이론적 기술 면접
- 시스템 설계
- 인성 면접

개발자의 면접 공부법

처음 영국에 와서 취업 준비를 했을 때부터 4년이 지난 현재까지 수많은 기술 면접을 봤다. 그때마다 어떻게 하면 더 면접에 잘 대비할 수 있을지 고민하며 면접 공부법을 조금씩 발전시켜 왔다. 그렇게 완성된 면접 공부법 3단계를 소개한다.

1. 자료구조 및 알고리즘 공부하기

기술 면접에서 가장 흔하게 접할 수 있는 방식은 라이브 코딩 테스트다. 이 면접에서는 보통 단시간 안에 풀 수 있는 알고리즘 문제가 출제된다. 이런 유형의 문제를 풀기 위해서는 기본 자료구조 및 자주 사용되는 알고리즘 기법을 알아두어야 한다. 수많은 자료구조와 알고리즘 개념 중 반드시 공부해야 하는 주제 몇 가지를 선정해 보았다.

자료구조

- 배열Array
- 해시 테이블Hash Table
- 연결 리스트Linked List
- 스택Stack

- 큐Queue
- 힙Heap
- 트리 & 그래프Tree & Graph

알고리즘

- 이진 탐색Binary Search
- 정렬Sorting
- 재귀Recursion
- 너비 우선 탐색BFS
- 깊이 우선 탐색DFS
- 백트래킹Backtracking
- 동적 계획법Dynamic Programming

각 주제에 관한 설명은 수많은 책, 블로그, 영상 강의에 자세히 나와 있으니 각자 잘 맞는 방식을 선택해서 공부하시면 된다. 개인적으로 자료구조에 관해 공부할 때 개인적으로 많은 도움을 받았던 건 HackerRank의 유튜브 채널이었다. 이 채널에서는 코딩 면접의 바이블이라 불리는 〈코딩인터뷰 완전 정복Cracking the Coding Interview〉의 저자 Gayle Laakmann McDowell이

직접 자료구조에 대한 설명을 해준다. 더불어 어떤 알고리즘 문제를 풀 때 해당 자료구조를 쓰면 좋은지 실질적인 예제를 통해 보여주기 때문에, 실제 문제를 풀 때 참고하기 좋다.

해커랭크 자료구조 영상

해커랭크 알고리즘 영상

2. 알고리즘 문제 풀어보기

기본 자료구조와 자주 쓰이는 알고리즘을 공부했다면 이제 알고리즘 문제를 풀어볼 차례다. 본격적으로 문제를 풀기 전에는 세 가지를 먼저 정하고 시작하는 게 좋다. 먼저 면접에서 사용할 프로그래밍 언어를 정하고, 연습용으로 사용할 알고리즘 기출문제 플랫폼을 선정한 뒤, 스터디 플랜을 세우는 순서로 진행하는 걸 권장한다.

① 프로그래밍 언어 선택하기

면접을 볼 프로그래밍 언어는 본인에게 가장 편하고 익숙한 언어로 선택하시는 게 좋다. 우리가 영어를 쓸 때보다 한국어를 쓸 때 더 수월하게 말이 나오듯, 모국어처럼 편하게 느껴지는 프로그래밍 언어를 사용해야 긴장되는 면접 환경에서도 버벅거리지 않고 코드를 쓸 수 있다. 회사마다 사용하는 프로그래밍 언어가 다 다르기는 하지만, 회사에서 지원자가 선택하는 언어로 면접을 보도록 배려해 주는 경우가 많다. 보통 지원자들이 면접용으로 많이 선택하는 언어로는 Java, Javascript, Python이 있다.

② 알고리즘 기출문제 플랫폼 정하기

다양한 사이트에서 라이브 코딩 테스트에 나올만한 알고리즘 기출문제를 무료로 제공한다. 이 중에서 자신에게 맞는 플랫폼을 정해서 거기에 나오는 기출문제를 풀어보면 된다. 해외에서 대표적으로 개발자들이 사용하는 코딩 기출문제 웹사이트는 HackerRank와 LeetCode가 있다. 2,000개가 넘는 문제의 개수에 압도당하기 십상이지만, 다행히 두 사이트 모두 면접에 자주 출제되는 문제의 목록을 제공하니 이 목록에 있는 문제 위주로 풀면 된다.

- HackerRank Interview Preparation Kit
  (https://www.hackerrank.com/interview/interview-preparation-kit)
- LeetCode Top Interview Questions
  (https://leetcode.com/problem-list/top-interview-questions)

③ 스터디 플랜 세우기

알고리즘 문제를 최대한 많이 풀어보는 것도 하나의 공부 방법이지만, 내 경험상 계획 없이 아무 문제나 푸는 것보다는 스터디 플랜을 세웠을 때 훨씬 효과적으로 공부할 수 있었다. 효과적인 공부를 위해서는 스터디 플랜을 세워 주제별로 몇 개의 문제를 풀고, 그 주제를 완전히 이해하고 나서 다음 주제로 넘어가는 것이 좋다. 처음에는 어렵던 문제도 비슷한 유형을 여러 번 풀다 보면 어떻게 풀어야 할지 감이 잡힌다. 문제의 패턴을 인식하고, 그 문제를 푸는 방식을 이해하는 게 이 방식의 키포인트다.

3. 프로그래밍 개념 공부하기

이론적 기술 질문이 출제되는 면접에 대비하기 위해서는 중요한 프로그래밍 개념에 관해서 미리 공부해 두어야 한다.

대표적으로 자주 출제되는 주제로는 전반적인 웹 작동 방식, 객체 지향 프로그래밍 혹은 함수형 프로그래밍 개념 (지원하는 직무에 맞게 선택), 테스팅, 보안 등이 있다. 또한 특정 프로그래밍 언어에 국한된 직무에 지원한다면 그 언어에 관한 공부도 철저히 하고 가는 게 좋다.

공부 방법으로는 관련 주제의 책을 읽는 것을 추천하지만, 책을 다 읽을 시간이 부족하다면 검색을 통해서 면접 질문 위주로 정보를 찾아보는 방법도 있다. "주제+interview questions" (예를 들면 Java interview questions)라고 검색하면 관련 주제의 예상 면접 질문을 쉽게 찾을 수 있다. 그렇다고 정확한 이해 없이 예상 질문과 답만 달달 외운다면 실제 면접에서 제대로 답하지 못할 확률이 높기 때문에, 관련 주제에 대해 제대로 공부하고 예상 질문은 마지막으로 실제 면접 직전에 연습용으로 사용하는 것을 권장한다.

보다시피 공부할 내용이 굉장히 많다. 하나씩 배우면서 지식을 늘려나가는 건 좋았지만, 공부해야 할 양이 너무 많은 탓에 지치기도 했다. '이걸 언제 다 공부해서 최종 면접에 합격하지?' 하는 걱정이 들었다. 계속 백수 신세로 공부만 할 수 있는 금전적 여유가 없었기 때문이다. 조급한 마음을 가다듬으며 면접 준비를 하는 건 정신적으로 꽤나 힘든 일이다. 그래서 이직 계획이 있는 개발자라면 몇 개월의 시간을 확보하고 준비하는 걸 추천한다.

타임머신을 타고 몇 달 전으로 돌아가고 싶은 마음이었다. 영국에 오기 전 실컷 놀고 있었던 나에게 '지금 이럴 때가 아니야, 미리 공부해야 해!'라고 외치고 싶었다. 그러나 현실에는 이미 지나간 시간을 되돌릴 타임머신 따위는 없었다. 지금부터라도 열심히 하면 된다고 스스로를 다독이며 애써 불안한 마음을 다잡아 보았다. 오늘의 공부가 언제쯤 면접 합격으로 이어질지 알 수 없었지만, 오늘 할 수 있는 일은 공부뿐이었다.

우여곡절 끝에 얻은 달콤한 첫 합격

월세가 높기로 유명한 런던에서 백수로 지내다 보니 내 통장은 하루하루 마이너스를 향해 가고 있었다. 영국에서 구직을 시작한 지 두 달이 넘어가면서 초기 정착 자금으로 가져온 돈은 점점 바닥나고 있었고, 대충 계산기를 두드려 보니 한 달 안에는 취업이 되어야 자금을 메울 수 있었다. 취업이 안 돼서 돈이 다 떨어지면 이대로 아무것도 이루지 못하고 한국에 돌아가거나, 돈을 빌려서 진정한 마이너스의 삶을 살아야 했다. 두 상황 모두 상상조차 하기 싫은 시나리오였기에 어떻게든 빨리 취업하고 돈을 벌어야 했다.

점점 초라해지는 통장 잔액을 보고 나면 좀처럼 면접 공부에 집중하기 어려웠다. 물론 준비를 더 철저히 할수록 면접 합격률이 높아진다는 건 알고 있었지만, 현실적으로 계속 공부만 하고 있을 여유가 없었다. 결국 2주간의 짧은 준비 후 다시 면접 시장에 뛰어들었다.

연이은 탈락에 시작된 자기 의심

짧은 기간이나마 공부하고 면접을 보니 처음보다는 눈에 띄게 성과가 나아졌다. 전에는 감도 못 잡고 2차 기술 면접부터 우르르 탈락했었는데, 이번에는 이 단계까지 통과한 회사가 꽤 있었다. 그렇게 2차 면접을 통과해서 최종 면접까지 가게 된 회사는 총 네 군데였다. 다시 희망이 보이기 시작했다. 이번 기회에 최종 면접에 합격해서 취업에 성공하면, 돈이 다 떨어져서 한국으로 돌아가는 최악의 시나리오는 막을 수 있었다.

하지만 여전히 최종 면접은 만만치 않았다. 한 시간 남짓 소요되는 2차 면접과 다르게 4~5시간씩 진행되는 최종 면접에서는 부족한 실력을 숨기려 해도 드러날 수밖에 없었다. 2주간의 공부로 이런 장시간 면접에 100% 대비하긴 무리였다. 사실 절반도 대비가 안 된 것 같았다. 결국 네 개의 회사 중 처음 연락해 온 두 군데에서 최종 면접 단계를 넘지 못하고 탈락하고 말았다. 이번엔 공부를 좀 하고 봤으니 잘하면 붙을 수도 있겠다는 기대가 있었는데, 이 정도 준비로는 어림도 없다며 제대로 한 방 맞은 기분이었다.

'그럼, 얼마나 더 공부해야 합격할 수 있는 거지? 돈이 다 떨어지기 전에 취업이 되기는 할까?'

머릿속에 스스로를 향한 의심이 몰려왔다. 연이은 실패를 겪은 뒤 자신감은 바닥으로 떨어졌고, 이놈의 실패는 언제쯤 성공의 어머니로 탈바꿈해 주는 건지 끝이 보이지 않았다. 내가 자초해서 이 상황까지 온 것이니 누구를 탓할 수도 없었다. 원망할 사람은 오로지 나 자신뿐이었다. 이 모든 걸 쉽게 생각하고 철저히 대비하지 않았던 과거의 나를 원망했다. 영국에서 개발자로 살겠다며 당당하게 퇴사하고 왔는데, 안부를 묻는 지인들에게 몇 달째 구직 준비만 하고 있다는 소식을 전하는 게 창피했다. 차라리 한동안 나의 안부를 묻지 않아 줬으면 했다.

일기가 선물해준 다시 앞으로 나아갈 힘

공부고 뭐고 아무것도 하고 싶지 않았다. 면접 공부를 하려고 노트북 앞에 앉아도 도무지 내용이 눈에 들어오지 않았다. 일단 이 무기력한 감정에서 벗어나야 뭐라도 할 수 있을 것 같았다. 기분 전환을 위해 누군가에게 내 감정을 털어놓고 싶었지만, 누구에게도 이런 바보 같은 모습을 보이고 싶지 않았다. 가끔 적었던 일기장을 펼쳤다. 일기장은 무엇을 적든 나를 평가하지 않고 묵묵히 들어주는 존재였기에 일기를 쓰면 기분

세인트폴 성당과 그 옆의 사무실 건물들

이 나아지는 효과가 있었다. 그래서인지 우울감이 자주 찾아오던 이때는 전보다 일기를 부쩍 자주 썼다.

영국에 오기 전 적은 일기를 읽어 보았다. 지금과 달리 안정적인 직장을 다니며 부족하지 않은 삶을 살고 있었지만, 하나도 행복하지 않았다. 별다른 목표 없이 매일 다람쥐 쳇바퀴 돌듯 반복적인 일상에 머물러 있었기 때문이다. 이런 생활에서 벗어나기 위해 영국에 가기만을 손꼽아 기다리던 날들이었다. 그 일기를 읽는 나는 당시 그렇게 가고 싶었던 영국에 와 있었고, 그때와 달리 해외 취업이라는 뚜렷한 목표가 생겼다. 그 목표를 향해 불안하고 초조한 날들을 견뎌내고 있는 나 자신이 새삼 기특하게 느껴졌다. 그렇게 우연히 펼쳐 본 예전의 일기에서 다시 앞으로 나아갈 힘을 얻었다.

일기장에서 마주한 과거의 나에게 당당해지고 싶었다. 그때의 내가 그렇게 바라던 런던에 와 있는데, 여기까지 와서 이대로 포기할 순 없었다. 남아 있는 두 개의 최종 면접에서 후회 없이 최선을 다하고 오리라 다짐했다. 다시 힘을 내서 노트북을 열고 다음 면접을 위한 공부를 하기 시작했다. 결과가 어떻든 후회 없이 모든 걸 쏟고 오겠다는 생각으로 어느 때보다 도 열심히 준비했다.

영국 취업 성공의 순간

남아있는 모든 힘을 짜내서 마지막 두 개의 면접을 마쳤다. 두 면접이 일주일 간격으로 잡혀 있었는데, 마지막 면접을 보기 전날까지 그전 회사에서 별다른 연락이 없었다. 그동안 기대하고 실망하는 걸 여러 번 반복하면서 깨달은 건 기대치를 줄여야 실망도 덜 한다는 것이었다. 그래서 그냥 '여기도 떨어졌구나' 하고 체념한 상태로 마지막 면접을 준비하는 것에 집중했다.

그런데 마지막 면접을 마치고 집에 가던 길에 내 기분을 180도 바꿔줄 한 통의 메일을 받았다. 일주일 전에 본 면접 결과를 알리는 메일이었다. 떨리는 마음으로 메일을 열어본 순간, 지금까지 받았던 메일과 다르게 "Good news"라고 시작하는 첫 문장이 한눈에 들어왔다. 그 한 문장에 심장이 미친 듯이 빠르게 뛰기 시작했다. 영국에서 처음으로 탈락이 아닌 합격 메일을 받은 것이다.

내가 정말 붙었다고? 떨어진 줄 알았던 면접에서 합격 메일을 받은 게 믿기지 않아 같은 내용을 여러 번 읽어봤다. 다시 봐도 정말 합격이 맞았다. 긴 구직 준비의 끝에 취업에 성공했다는 소식을 들은 기분은 이루 말할 수 없이 벅찼다. 반복되는 탈락 소식에 좌절했던 지난날들이 머릿속에 스쳐 지나갔다. 그 시간들이 있었기에 이 순간이 몇 배는 더 기쁘게 느껴졌다. 'Good news'가 아니라 'Amazing news'라고 해도 모자랄 정도로 너무나도 간절히 기다리던 첫 합격이었다.

"나 합격했대!" 집에 도착하기도 전에 가장 먼저 가족들에게 전화를 걸었다. 세 달 만에 가족들에게 탈락이 아닌 합격 소식을 전할 수 있다니, 이보다 뿌듯할 수 없었다. 친한 지인들에게도 부리나케 이 기쁜 소식을 전했다. 다들 나의 합격을 진심으로 축하해 주었고, 다시 지인들과의 연락이 즐거워졌다. 그날 하루는 그렇게 합격 소식을 알리느라 몇 시간 동안 휴대폰을 붙들고 있었다. 오랜만에 아무것도 안 하고 휴대폰만 보고 있어도 죄책감이 들지 않는 밤이었다.

인터뷰

꼭 영국에 오고 나서 면접을 봐야 하는 건 아니다!

오늘 당신의 런던은 어땠나요?
내일 당신의 런던은 어떤 모습일까요?
듣고 싶습니다. 런던에 사는 당신의 사정.

〈런던에 사는 당신의 사정〉 팟캐스트 오프닝

2022년 1월부터 〈런던에 사는 당신의 사정〉이라는 제목의 팟캐스트를 진행하고 있다. 제목 그대로 런던에 사는 사람들의 사연을 인터뷰 형식으로 담기도 하고, 코호스트인 미연 님과 함께 우리의 관점으로 본 런던 생활 이야기를 전하기도 한다. 직접 겪었던 영국 취업 및 비자 정보, 런던에서 좋은 월세방을 구하기 위한 팁, 국제 연애 및 결혼까지 다양한 주제를 다루고 있다. 이번에 소개할 에피소드는 영국 취업을 조금 다른 방식으로 접근하신 강수언 님의 인터뷰 편이다.

"영국에 갔는데 취업이 안 되면 어떡하지?"

이 질문은 많은 사람이 영국 출국 전 고민하는 부분이다. 영국 취업에 도전하고자 워킹홀리데이 비자를 신청하지만, 막상 비자를 받고 나서 취업에 대한 두려움 때문에 출국을 망설이는 사람들이 생각보다 많다. 겁 없던 스물일곱의 나는 당연히 취업이 될 거라는 생각으로 별다른 걱정 없이 영국에 왔지만, 면접이 시작된 후 예상치 못한 어려움에 부딪히면서 철저히 준비하지 않았던 과거의 나를 어찌나 원망했는지 모른다.

그런데 이런 면접 과정을 영국이 아닌 한국에서 미리 겪어볼 수 있다면 어떨까? 런던에서 혼자 외롭게 지내며 비싼 월세를 내지 않고도, 한국에서 미리 면접을 보고 영국에 올 수 있다면 훨씬 수월하지 않을까? 실제로 이렇게 한국에서 면접 과정의 대부분을 마치고 영국에 입국하여 거의 바로 오퍼를 받은 사례가 있다. 나는 면접은 당연히 영국에 오고 나서 봐야 하는 것으로 생각했지만, 사실상 면접의 대부분이 온라인으로 진행되기 때문에 한국에서도 충분히 면접을 볼 수 있다.

강수언 님은 한국에서 마케터로서의 경력을 쌓고 영국 취업에 도전했다. 어린 시절부터 영국에 살고 싶다는 꿈을 가지고 있었고, 우연한 계기로 영국 워킹홀리데이를 신청했다. 입국 전에는 영국 문화원에서 영어 회화를 공부하며 면접을 준비했고, 한국에서 미리 온라인 면접을 진행하여 최종 면접만을 남겨두고 영국에 입국했다. 그리고 오자마자 봤던 최종 면접 결과가 좋아서 입국 일주일 만에 오퍼를 받게 되었다. 그렇게 마케터로서 런던에 자리 잡은 수언 님은 추후 개발자로 커리어를 전환하며 런던에서 제2의 전성기를 찾았다.

[강수언 님 인터뷰]

미연 왜 영국이었고, 런던이었나요?

수언 제가 어렸을 때는 해리포터가 엄청 유행했을 때라서 해리포터를 많이 보고 자랐어요. 그리고 브리티시 록 같은 영국 음악도 좋아했었고. 그래서 어렸을 때부터 "아 언젠가는 나도 영국에 꼭 가봐야지, 영국에 살면 좋겠다." 하는 생각을 많이 하며 자랐어요. 심지어는 제가 영국 가겠다고 했을 때 엄마가 "초등학교 때부터 그렇게 '영국, 영국' 하면서 노래를 하더니 드디어 가는구나"라고 얘기할 정도로 저는 영국병이 있었거든요. 그래서 워킹홀리데이를 갈 거면 영국 아니면 다른 곳은 고려해 보지 않고 영국만 딱 생각했었어요.

미연 와, 대박. 그 정도로요?

수언 그리고 영국으로 여행을 한 번 왔었거든요. 그때 런던에 왔었을 때 너무 좋았던 기억 때문에 오게 됐어요.

미연 런던에 오기 전에는 어떤 걸 준비하셨나요?

수언 영국 문화원 회화반을 다녔어요. 일반적인 회화반이 아니고 크레딧을 사는 개념이었어요. 예를 들면 세 달 안에 40회 수업 크레딧을 사는 거예요. 그러면 그 수업 크레딧을 언제든 쓸 수 있는 시스템이었고, 을지로와 강남에 지점이 있는데 둘 중 아무 곳에서나 수업을 들을 수 있었어요. 그리고 크레딧을 쓸 수 있는 주제들이 굉장히 다양해서 제가 원하는 대로 커리큘럼을 짤 수 있는 점이 좋았어요. 게다가 한국에서는 영국 영어에 노출될 기회가 진짜 없잖아요. 그런데 영국 문화원은 정말 영국 억양 쓰시는 선생님들이 있어서 도움이 많이 됐었어요.

미연 런던에 오셔서 개발자로 커리어를 전환하시기 전에 마케터로 먼저 취업을 했다고 하셨죠. 어떻게 취업 준비를 하셨나요?

수언 보통은 현지로 넘어와서 구직을 시작하시잖아요. 그런데 저는 이미 한국에서 비디오 콜로 인터뷰를 1차, 2차까지 다 보고, 와서 최종 면접만 남겨 놓은 상태였거든요. 그래서 회사 가서 같이 일할 동료들이랑 인터뷰하고, 그렇게 돼서 오자마자 거의 일주일 만에 오퍼를 받았어요. 여기 와서 취업을 오래 준비하지는 않았어요.

지현 와, 신기하네요. 보통 그럴 생각도 못 하지 않아요? 저는 무조건 가서 봐야 한다고 생각했었는데.

수언 그런데 사실 그럴 이유가 없잖아요. 그냥 “언제 언제 입국할 예정이고, 이런 비자 있는데 혹시 가능하면 한국에서 미리 인터뷰 볼 수 있었으면 좋겠다”라는 내용으로 메일을 돌렸더니 의외로 인터뷰 요청을 꽤 많이 받았어요.

지현 되게 현명하시네요. 다른 분들도 이렇게 해보시면 좋을 것 같아요.

수언 영국에서 구직할 때 링크드인을 많이 쓰잖아요. 한국에 있더라도 링크드인 프로필에 사는 지역을 런던으로 바꿔 놓으면 런던에 있는 취업 공고 다 검색할 수 있고, 영국에 있는 리크루터들이 저를 찾을 수도 있더라고요. 그래서 그때 리크루터 콜도 한국에서 많이 했었고. 그래서 굳이 영국에 와서 시작해야겠다고 생각하지 마시고, 한국에서부터 어디 한 번 되나 보자 하는 마음으로 시작하시는 것도 좋은 것 같아요.

미연 완전 꿀팁이네요. 저도 아예 생각을 못 했었는데. 그러면 시차 부분에 대해서는 어떻게 하셨어요?

수언 한국이 저녁 시간일 즘에 영국에서 리크루터들이 출근을 하니까 주로 저녁 시간 때맞춰서 인터뷰를 봤었어요.

미연 대박. 그러면 오시자마자 일주일 만에 잡 오퍼를 받으셨다는 거죠?

수언 네. 보통 문과생들은 해외 취업이 어렵다고들 생각하잖아요. 언어적인 장벽도 뛰어넘어야 하고. 그런데 의외로 소셜 미디어 마케팅이나 퍼포먼스 마케팅 같은 경우에는 언어적인 스킬보다는 플랫폼에 대한 이해도가 더 중요한 분야다 보니까 충분히 해외 취업을 하더라도 경쟁력이 있는 것 같더라고요. 그렇게 해서 런던에서 일하시는 분들이 많은 걸로 알고 있어요. 그래서 만약에 그런 분야에서 일하시는 분이라면 좀 더 시야를 넓게 가지셔서 해외 취업 시도를 해보시는 것도 그렇게 허들이 높지 않더라는 걸 말씀드리고 싶었어요.

미연 청취자분들 듣고 계신가요? 도전하십시오!

〈런던에 사는 당신의 사정〉 팟캐스트 7화
강수언 님 인터뷰 내용 중 일부 발췌 및 편집

✧

영국에서의 첫 직장 선택

영국에서 직장 선택 시 고려할 점

"면접에 응해주셔서 감사합니다. 지현 님이 저희 팀과 좋은 시너지를 낼 수 있을 것 같다고 판단되어 최종 합격을 안내드립니다."

장장 세 달간의 백수 생활 끝에 첫 오퍼를 받은 지 이틀 뒤, 놀라운 일이 벌어졌다. 다른 회사에서 두 번째 오퍼를 받게 된 것이다. 첫 합격의 기쁨에서 아직 헤어 나오지도 못했는데 이렇게 바로 다음 오퍼를 받게 되다니 이게 웬 겹경사인가. 지금껏 탈락 소식만 연달아 듣다가 이렇게 합격 소식을 연달아 들으니 내가 꿈을 꾸고 있는 건 아닌지 의심이 들 지경이었다. 그렇게 48시간 안에 선택받지 못하던 입장에서 선택해야 하는 입장으로 180도 상황이 뒤집혔다.

현명한 선택을 위한 오퍼 비교 테이블 만들기

앞으로 다니게 될 직장을 선택하는 건 상당히 중요한 일이다. 여러 옵션 중 한 회사를 골라야 하는 상황이라면, 각 오퍼를 비교하는 테이블을 만들어 보는 방법을 추천한다. 스스로 중요하다고 생각되는 여러 요소를 테이블 형태로 나열해 보면, 각 오퍼의 장단점이 한눈에 보여서 보다 현명한 결정을 내릴 수 있다. 이때까지 여러 면접 단계에서 얻은 정보와 오퍼 레터Offer Letter에 나와 있는 연봉 및 복지 정보를 합치면 꽤 유용한 비교 테이블을 완성할 수 있다.

함께 적어보는 오퍼 비교 테이블(예시)

		A사	B사
기본 정보	프로덕트		
	회사 규모(직원 수)		
	팀 구성		
	연봉		
	보너스		
	스톡 옵션		
	사무실 위치		
	재택 근무 옵션		
	휴가 개수		
	교육 예산		
	기타 복지		
기술 스택	프론트엔드		
	백엔드		
	데이터베이스		
	인프라		
총평	장점		
	단점		

기본 정보

회사에 대한 기본 정보와 연봉, 기타 복지 정보를 적어본다.

- **프로덕트:** 각 회사에서 만드는 프로덕트에 대한 간단한 설명과 더불어 내가 생각할 때 이 프로덕트가 얼마나 전망 있어 보이는지 적어보자.
- **회사 규모(직원 수), 팀 구성:** 회사 전체 직원 수는 몇 명인지 찾아보고, 내가 일하게 될 팀에는 몇 명의 팀원이 있으며 어떤 직군들이 함께 협업하는지 확인해 두자.
- **연봉, 보너스, 스톡옵션:** 연봉뿐 아니라 보너스와 스톡옵션 같은 추가 보상도 꼼꼼히 확인하는 게 좋다.
- **사무실 위치:** 사무실 위치는 시내와 가까운지, 현재 집에서 통근하기 좋은 위치인지 미리 알아보자.
- **재택근무 옵션:** 코로나 이후로는 재택근무를 하는 회사가 늘어났으니 재택근무 옵션도 알아두는 게 좋다. 대표적으로 사무실에 출근하는 걸 기본으로 하는 옵션(office-first), 재택근무를 기본으로 하는 옵션(remote-first), 두 개를 합쳐 주 N회는 출근하고 N회는 재택근무를 하는 하이브리드 옵션이 있다.
- **휴가 개수:** 회사마다 제공하는 연차 개수가 조금씩 다르며, 생일 휴

가나 연말 휴가 등 추가 연차를 주기도 한다.

- **교육 예산:** 업무 능력 개발을 위한 교육을 받고자 하는 경우 사용할 수 있는 예산이다. 보통 팀 단위 또는 개인 단위로 교육 예산이 잡혀 있는데, 이 예산이 얼마인지에 따라 회사에서 교육을 얼마나 지원하는지 알 수 있다. 따로 예산이 정해져 있지 않고 필요에 따라 신청하는 방식으로 교육을 지원하는 회사도 있다.
- **기타 복지:** 이외에도 무료 점심 제공, 운동 비용 제공 등 크고 작은 복지가 있다. 자신에게 중요하다고 생각되는 복지가 포함되어 있는지 확인해 두면 좋다.

기술 스택

각 회사에서 어떤 기술 스택을 사용하는지 적어보고, 내가 배우고 싶은 기술과 얼마나 일치하는지 파악해 본다. 기술 스택은 쉽게 바뀌지 않는 항목이므로 신중하게 고민해 보는 것이 좋다.

총평

위 정보를 모두 종합해 각 회사의 장단점을 나열해 본다. 어느 한쪽이 눈에 띄는 장점이 있는지, 내가 타협할 수 없는 치

명적인 단점이 있진 않은지 살펴보면 최종 판단을 내리는 데 큰 도움이 된다.

오퍼 비교 테이블에 담기지 않는 차이

둘 중 어느 회사에 갈까? 행복한 고민의 시간이었다. 그간 고생해서 얻어낸 소중한 기회인 만큼 신중하게 고민해서 잘 선택하고 싶었다. 그런데 꼼꼼히 오퍼 비교 테이블을 작성하고, 여러 정보를 종합해서 장단점을 나열했는데도 최종 결정을 내리기가 어려웠다. 두 회사 모두 비슷한 연봉과 복지를 제시했고, 업무는 각각 다른 이유로 양쪽 다 흥미로워 보였기 때문이다. 오퍼 비교 테이블을 이렇게 상세하게 적고 나서도 선택하기 어려울 때는 어떻게 해야 할까?

오퍼 비교 테이블에 적는 내용은 대체로 객관적인 정보다. 그러나 쉽게 숫자로 정의할 수 없는 주관적인 느낌이 있는데, 바로 사람에 대한 인상이다. 지원자는 서류 통과에서 최종 오퍼까지 여러 단계의 면접을 보면서 꽤 많은 사람과 대화를 나누게 된다. 여기서 만나는 면접관은 이미 그 회사에 다니고 있는 직원이며, 상황에 따라서는 앞으로 함께 일하게 될 잠재적 동료일 수도 있다. 그래서 그들이 주는 인상은 지원자의 최종 결정에 중요한 역할을 맡게 된다. 때로는 이 주관적인 느낌이 어떠한 객관적인 정보보다 더 큰 영향을 미치기도 한다.

나 또한 면접 경험에 기반해 최종 결정을 내렸다. 오퍼 비교 테이블에 담긴 정보에는 큰 차이가 없었지만, 면접 경험 면에서는 두드러진 차이가 있었다. 면접에서 본 A사의 팀원들은 약간 어둡고 까다로워 보였던 반면, B사의 팀원들은 모두 친절하고 활력이 넘쳐 보였다. 내가 마지막에 B사에 더 끌렸던 이유는 이 인상 때문이었다. 고작 몇 시간밖에 안 되는 면접에서 겪은 느낌으로 뭘 얼마나 알 수 있겠냐마는, 그 몇 시간도 안 되는 면접에서 좋은 인상을 받지 못한다면 온종일 함께 일할 때 즐거울 리 없다고 생각했다. 나는 긴 고민 끝에 결국 B사에 합류하기로 결정을 내렸다.

면접은 단방향이 아닌 양방향 평가 과정이다. 면접관만 일방적으로 지원자를 평가하는 게 아니라, 지원자도 면접 경험에 기반해 회사를 평가한다. 아무리 회사의 조건이 좋다고 해도 면접관이 하나같이 무례하다면 누가 그 회사에서 일하고 싶겠는가? 면접관이 주는 인상은 회사 전체에 대한 인식을 좌우한다. 따라서 회사는 훌륭한 연봉과 복지뿐 아니라 좋은 경험을 제공하는 것에 투자할 필요가 있다고 생각한다.

연봉 협상은 꼭 해야 할까?

나는 연봉 협상을 정말 어려워하던 사람이었다. 스스로의 가치를 두고 돈 얘기를 하는 것이 여간 껄끄러운 일이 아니었고, 이런 대화가 너무 불편해서 돈을 내고서라도 누군가 대신 내 연봉 협상을 해주기를 바랐던 적도 있다. 겸손이 미덕인 문화에서 자란 한국인들은 이와 비슷한 이유로 연봉 협상을 불편해하곤 한다. 겸손보다는 자신감과 당당함이 요구되는 연봉 협상은 많은 한국인에게 상당히 어려운 일이다.

영국에서 처음으로 두 회사에서 잡 오퍼를 받았을 때, 꽤 유리한 위치에 있었음에도 불구하고 연봉 협상에는 매우 소극적이었다. 세 달간의 백수 생활에 지쳐 있던 상황에 영국에서 취업이 된 것만으로도 감사했고, 괜히 무리한 요구를 했다가 어렵게 얻은 기회를 망치고 싶지 않았기 때문이다. 그래서 새가슴으로 소심하게 연봉 협상을 시도했다가 결국 아주 미미한 연봉 인상만을 건지고 오퍼를 수락했다.

연봉 협상을 꼭 해야 하는 이유

영국에서 세 번의 이직을 거치고 난 지금은 연봉 협상의 중요성을 정확히 이해하고 있다. 현재는 연봉 협상이 직장인에게 선택이 아닌 필수라고 생각하며, 다시 그때로 돌아간다면 훨씬 적극적으로 협상에 임할 것이다. 연봉 협상을 꼭 해야 하는 이유는 크게 세 가지가 있다.

1. 연봉 협상은 안 하면 손해다

회사에서 연봉을 제시할 때, 지원자가 협상을 시도할 것을 감안하고 금액을 부르는 경우가 많다. 예를 들면 7을 줄 수 있는데 처음에 5라는 연봉을 제시한 뒤, 지원자가 8을 요구하면 그보다는 낮지만 처음 부른 금액보다는 높은 지점에서 만나는 것이다. 그렇다면 왜 처음부터 7을 제안하지 않는 걸까? 지원자가 연봉 협상을 하지 않는다면 5를 수락할 수도 있기 때문이다. 이런 경우 회사에서는 2만큼의 이득을 남기고, 지원자는 2만큼의 손해를 보게 된다. 이런 손해를 보지 않기 위해서는 연봉 협상을 반드시 해야 한다. 물론 처음부터 투명하게 7을 제시하는 회사도 있지만, 회사가 처음 제시한 연봉이 최종 금액인지 아닌지는 협상을 해보기 전까지는 알 수 없다.

2. 입사 후에는 연봉 인상률이 낮다

입사 후에는 연봉을 크게 올릴 기회가 상당히 한정적이다. 많은 회사에서 매년 성과 평가를 통해 연봉을 어느 정도 조정해 주긴 하지만, 이때 연봉 인상률은 대부분 미약한 편이다. 그나마 좀 눈에 띄게 연봉 인상을 받으려면 승진을 노려야 하는데, 승진에는 꽤 오랜 시간과 노력이 요구된다. 따라서 이직할 때만큼 짧은 시간 안에 연봉을 확실히 올릴 기회는 극히 드물다. 많은 회사에서는 이미 잡은 물고기의 먹이를 늘려주기보다는 아직 잡지 못한 물고기를 유인하는데 더 많은 먹이를 사용하기 때문에, 먹이를 협상하기에는 회사의 어항에 들어가기 직전이 가장 효과적인 타이밍이다.

3. 연봉 협상을 통해 잃을 게 없다

생각보다 많은 사람이 연봉 협상을 시도했다가 오퍼를 잃게 될까 봐 걱정한다. 예전의 나처럼 말이다. 하지만 회사의 입장에서 한번 생각해 보자. 회사는 그동안 면접 과정에 긴 시간과 공을 들였다. 그리고 면접에서 최종 합격한 이상 회사는 이미 당신의 실력을 인정하고 당신을 채용하길 원한다. 이런 상황에서 지원자가 연봉 협상을 시도했다고 오퍼를 취소하는 회사가 있을까? 그럴 일은 없다고 봐도 무방하다. 최악의 경우 협상에 실패할 수는 있으나, 그렇다고 불이익을 받지는 않는다.

연봉 협상을 했다가 회사에서 자신을 욕심 많은 사람으로 볼까 봐 우려하는 사람도 있다. 이것이야말로 정말 쓸데없는 걱정이다. 일단 '연봉 협상=욕심'으로 인식하는 사람은 거의 없다. 연봉 협상은 자신의 몸값을 올리기 위한 현명한 비즈니스 전략이라는 걸 대부분의 사람들은 충분히 이해하고 있다. 만일 원하는 것을 얻지 못하더라도 한 번 시도라도 해보는 게 시도조차 안 해보고 후회하는 것보다 백배 낫다.

연봉 협상 잘하는 팁

그렇다면 연봉 협상을 해야 하는 이유는 알겠는데, 어떻게 하면 연봉 협상을 잘할 수 있을까? 회사는 아무런 근거 없이 지원자의 연봉을 올려주는 자선단체가 아니다. 자신이 더 높은 연봉을 받아야 할 구체적인 이유와 객관적인 자료를 근거로 제시해야 한다. 연봉 협상을 할 때는 아래 네 가지 팁을 활용해 보자.

1. 오퍼 두 개 이상 확보하기

연봉 협상에서 가장 확실한 카드는 다른 회사의 오퍼다. 결국 연봉 협상도 심리 싸움이기 때문에, 지원자가 여러 카드를 손에 쥐고 있다고 하면 리크루터는 조급해지기 마련이다. 여태까지 면접에 많은 시간과 공을 들였는데 막바지에 다른 회사에 지원자를 뺏기고 싶진 않기 때문이다. 따라서 이 경우 리크루터가 연봉 밀당(?)하는 스텝을 건너뛰고 바로 지원자가 만족할 만한 금액으로 제시할 가능성이 커진다. 이런 이상적인 상황을 만들기 위해서는 한 번에 한 회사와만 면접을 볼 것이 아니라, 여러 회사와 동시에 면접을 봐서 두 개 이상의 오퍼를 확보해야 한다.

이는 연봉 협상뿐 아니라 면접 프로세스를 빠르게 진행하는 데에도 도움이 된다. 보통 면접 일정을 잡는 과정에서 내가 먼저 얘기를 꺼내지 않아도 리크루터가 먼저 면접을 진행 중인 다른 회사가 있는지 물어보는 경우가 많다. 이때는 솔직하게 다른 회사와도 면접을 진행 중이라고 밝히는 것이 좋다. 리크루터가 다른 회사에 지원자를 뺏기지 않기 위해 좀 더 신경 써서 면접 일정을 신속하게 잡아주기 때문이다. 여러 회사와 면접을 보는 게 힘들긴 하지만, 이처럼 장점이 많으니 그 노력의 가치가 보상으로 돌아온다는 것은 확실해 보인다.

2. 시장 평균 연봉 조사하기

오퍼가 여러 개 있는 게 연봉 협상에 좋긴 하지만, 오퍼를 하나만 받았다고 해서 연봉 협상을 할 수 없는 건 아니다. 시장 상황을 알면 그 정보를 연봉 협상에 활용할 수 있다. 영국에서 연봉 정보를 찾아볼 수 있는 사이트로는 대표적으로 Glassdoor(https://www.glassdoor.co.uk)가 있다. 직원들이 익명으로 자신의 연봉 정보를 올려놓는 사이트인데, 보통 큰 회사는 데이터가 많아서 같은 직군의 연봉 정보를 쉽게 찾을 수 있다. 같은 회사의 연봉을 찾기 어렵다면 자신의 경력, 기술적 역량, 직무에 기반해 같은 지역의 평균 연봉을 조사해 보자. 이 값을 참고해서 현재 제시받은 연봉이 평균 이하일 경우 그 사실을 연봉 협상의 근거로 사용할 수 있다.

3. 팀에 기여할 수 있는 부분 강조하기

자신의 가치를 더 돋보이게 함으로써 연봉을 높이는 방법도 있다. 자신이 가진 경력과 기술적 역량이 어떻게 팀에 도움이 될지 구체적으로 나열해서 상대방을 설득하는 것이다. 이전에 비슷한 환경에서 프로젝트를 진행했을 때 큰 성과를 낸 경험이나, 다른 팀 구성원들을 성공적으로 멘토링 한 경험 등 다양한 예제를 준비하면 도움이 된다. 이때 성과를 구체적으로 수치화할 수 있다면 더욱 좋다. 최대한 자세한 근거를 대며 내가 더 높은 연봉을 받을 이유를 설명하면 상대방을 효과적으로 설득할 확률이 높아진다.

4. 현재 연봉 공개 여부는 현명하게 결정하기

연봉 협상을 하기 전에 리크루터가 현재 연봉에 관해 묻는 경우도 종종 있다. 이때 기억해야 할 것은 물어본다고 꼭 대답해야 할 의무는 없다는 것이다. 현재 연봉을 공개하는 쪽이 유익한 경우에만 대답하면 된다. 만약 현재 연봉이 시장 평균보다 월등히 높은 편이라면, 이 정보를 공개하는 것이 연봉 협상에 도움이 된다. 연봉 협상을 할 때는 이전 연봉에 기반해서 오퍼를 부르는 경우가 많은데, 현재 연봉이 높다면 그만큼 유리한 위치에 있는 것이다.

반면에 현재 연봉이 낮은 경우에는 공개해서 좋을 게 없다. 특히 한국에서 영국으로 직장을 옮기는 경우, 한국은 영국보다 평균 연봉이 낮기 때문에 한국 직장에서의 연봉을 공개하는 것은 협상에 불리하게 작용할 확률이 높다. 물론 그만큼 물가나 세율에도 차이가 있지만 리크루터가 그런 것까지 신경 쓰진 않는다. 따라서 이럴 때는 나라가 다르기 때문에 연봉을 비교하긴 어려울 것 같다고 얘기하며 공개를 거절하면 된다. 만약 리크루터가 집요하게 묻는다면, 현재 연봉 대신 희망 연봉을 얘기하는 방법도 있다.

영국에서 근로 계약서에 사인하기 전 알아둘 것

힘겨운 구직 준비 끝에 영국 회사에서 처음으로 근로 계약서를 받았다. 한시라도 빨리 나의 취업을 공식화하고 싶었기에, 얼른 내 이름 옆에 사인하고 싶은 마음뿐이었다. 그러나 애석하게도 계약서는 20장이 넘는 분량에 작은 폰트의 텍스트로 빽빽이 채워져 있었고, 어려운 법정 용어도 많아 나를 당황하게 했다. 그렇다고 대충 읽어 보고 사인하자니 그건 또 살짝 찜찜했다.

사실 근로 계약서는 일반적으로 이미 구두로 논의된 내용을 공식화한 문서이고, 미리 합의되지 않은 사항의 경우 상식선에서 이해할 수 있는 내용이 대부분이다. 그래서 그냥 대충 훑어보기만 하고 자세히 읽어보지 않는 사람도 꽤 많을 것이다. 하지만 이 '상식선'의 기준이 나라마다 조금씩 다르다는 게 문제다. 한국에서는 당연했던 것들이 영국에선 당연하지 않을 수도 있고, 내가 생각지도 못했던 부분이 영국에서는 보편적인 내용일 수도 있다. 따라서 놓치는 부분이 없는지 확인하기 위해 계약서는 꼼꼼히 읽어보는 것이 좋다.

영국 근로 계약서에서 꼭 확인해야 할 것

근로 계약서는 한 번쯤은 다 읽어 봐야 하지만, 모든 내용에 주의를 기울여 볼 필요는 없다. 영국의 근로 계약 조건 중 한국과 다른 부분이 몇 가지 있는데, 이런 부분에 집중해서 보면 계약 조건을 이해하기가 보다 수월해진다.

1. 기본 조건

기본 조건은 면접과 오퍼 단계에서 리크루터와 이미 상의가 된 내용이다. 공식 직무와 직급, 연봉 및 보너스 정보, 업무 시작일, 그리고 기본 업무 시간과 같은 사항이 기존에 합의된 부분과 일치하는지 확인해 보자. 참고로 대부분의 영국 사무직에서 업무 시간은 한국과 동일하게 하루에 8시간이 기본이지만, 한국과 달리 점심시간을 포함하지 않는 경우가 많다. 예를 들어 오전 9시에 시작하면 딱 8시간 후인 오후 5시에 끝나는 식이다. 물론 이는 회사마다 조금씩 다르며, 업무 시간이 계약서에 명시되어 있더라도 자유롭게 업무 시간을 조정할 수 있는 회사가 많으므로 크게 신경 쓰진 않아도 된다.

2. 수습 기간과 퇴사 통보 기간

수습 기간probationary period은 입사 후 회사와 직원이 서로를 탐색해 볼 수 있는 기간이다. 이 기간에는 제도적으로 해고나 퇴사에 관한 보장이 덜 적용되기 때문에, 상대적으로 회사가 직원을 해고하기도 쉽고 직원이 회사를 떠나기도 쉽다. 그렇다고 회사에서 어렵게 뽑은 직원을 별다른 이유 없이 해고하진 않으니, 이 부분에 대해 특별히 걱정할 필요는 없다. 영국에서 수습 기간은 3개월 혹은 6개월이 보편적이며, 수습 기간에 관한 내용은 근로 계약서에 명시되어 있다.

퇴사 통보 기간notice period은 퇴사 전 회사에 통보해야 하는 기간이다. 한국에서는 퇴사하기 한 달 전쯤 회사에 통보하는 게 통상적인데, 영국에서는 회사마다 이 기간이 다르게 정해져 있다. 영국에서 퇴사 통보 기간은 일반적으로 1~3개월이며, 드물게는 6개월인 경우도 있다. 퇴사 통보 기간이 너무 길 경우 이직이 상대적으로 어려울 수 있다. 이직하려는 회사에서 빠르게 사람을 구해야 하는 상황이라면, 합격 후에도 6개월을 기다려야 하는 지원자보다는 더 일찍 합류할 수 있는 다른 지원자를 선호할 것이다. 따라서 계약서에 퇴사 통보 기간이 어느 정도인지 꼭 확인해 보고, 이 기간이 너무 길다면 좀 더 줄이는 방향으로 협상을 시도해 볼 수도 있다.

3. 야근비

영국 근로 계약서에는 야근overtime 비용에 관한 내용이 아예 없거나, 야근비는 지급되지 않는다고 명시되어 있는 경우가 대부분이다. 그렇다고 회사가 야근비도 주지 않고 상시 야근을 시킬까 걱정할 필요는 없다. 사실상 영국에서 야근은 꼭 필요한 경우가 아니면 거의 하지 않는 게 일반적이다. 워라밸을 중요시하는 문화이기 때문에, 오히려 쓸데없이 야근을 하면 상사가 퇴근하라고 재촉한다. 그러니 야근비가 없다는 조건을 보더라도 너무 당황할 필요는 없다.

영국에서 첫 채용 계약서에 사인하다

모든 걸 꼼꼼히 읽어보고 나서 근로 계약서에 사인을 했다. 런던에 온 지 세 달 만에 드디어 공식적으로 개발자로 채용된 것이다. 다시 한번 벅찬 기쁨이 차올랐다. 이 계약서에 사인하기 위해 지난 세 달간 그렇게 힘든 날들을 견뎌왔구나. 이제 비로소 나도 영국에서 개발자로서 일을 하고 돈을 벌 수 있는 입장이 되었다. 지난 몇 달간 매일 꿈꿔오던 순간이었다.

언제부터 출근할 수 있냐는 채용 담당자의 질문에 바로 다음 주 월요일부터 나갈 수 있다고 답했다. 지긋지긋한 백수 생활에서 벗어나 하루라도 일찍 출근하고 싶었기 때문이다. 영국 회사는 어떤지 얼른 경험해 보고 싶었다. 영국에서의 첫 월급도 빨리 받아보고 싶었다. 몇 달 전만 해도 이렇게 회사에 가고 싶어질 줄은 몰랐는데, 그저 지겹기만 했던 출근이 이토록 기다려질 줄 누가 알았겠는가.

드디어 나도 런던에서 일할 수 있다는 생각에 한껏 들떠서 영국 직장 생활은 어떤 느낌일지 머릿속에 그려보았다. 동료들끼리 격식 없이 친구처럼 지내는 자유로운 문화? 말단 직원도 편하게 의견을 낼 수 있는 수평적인 문화? 개인의 역량 개발을 존중해 주는 발전적인 문화? 이 모든 게 그저 환상 속의 이야기인지 실제 영국 회사에서 흔히 볼 수 있는 광경인지 직접 확인할 날이 머지않았다.

월요병 정도는 가볍게 날려 버릴 특급 설렘에 출근 전날은 잠을 이루기 어려웠다. 잠 못 드는 밤 내 방 침대에 누워 다짐했다. 영국에서 일하는 것도 일상이 되면 언젠가는 익숙해지고 따분해지겠지만, 지금의 감격스러운 기분을, 그리고 이걸 얻기 위해 노력했던 시간을 절대 잊지 않으리라고. 내 런던 생활의 새로운 챕터는 이제부터가 시작이었다.

해외 취업 관련 Q&A

브런치와 팟캐스트를 통해 나의 영국 취업 이야기를 공유하다 보니 해외 취업 관련 질문을 종종 받는다. 대화를 나누다 보면 많은 분들이 공통으로 궁금해하는 부분이 있는데, 이에 대한 내 주관적인 답변을 적어 보았다.

Q. 해외 취업에 성공하려면 영어는 얼마나 잘해야 하나요?

'해외 취업'하면 머릿속에 가장 먼저 '영어에 대한 두려움'이 떠오르는 것 같습니다. 저의 경우 어느 정도 영어 실력은 갖춘 상태로 영국에 왔지만, 주변 지인들을 보면 영어에 대한 걱정을 안고도 용감하게 영국행을 결정하신 분들이 많습니다. 영어권 국가 거주 경험이 없었던 지인 A 님의 경우 토익 650점의 실력으로 영국 워킹홀리데이를 떠났고, 3개월간의 어학연수 후 취업 준비 1개월 반 만에 영국에서의 첫 직장에 취업했습니다.

영어 실력이 완벽해질 때까지 공부하고 나서야 해외 취업에 도전해야 한다는 강박은 버리시는 걸 권장해 드립니다. 어차피 원어민이 아닌 우리에게 영어는 평생 공부해야 하는 부분이거든요. 일상생활이 가능할 정도의 회화 실력과 업무용 이메일을 읽고 쓸 수 있는 능력이 있다면 충분히 도전 가능하다고 봅니다. 더 실질적인 방식으로 자신의 실력을 가늠해 보고 싶다면, 영어로 쓰인 채용 공고를 읽어 보거나 영어권 국가의 리크루터와 이메일을 주고받는 등 직접 구직 단계를 체험해 보는 것도 좋은 방법입니다.

언어는 단지 소통을 위한 도구일 뿐입니다. 영어 실력보다 더 중요한 것은 기죽지 않고 소통할 수 있는 용기입니다. 대화 중간에 이해하지 못한 부분을 바로바로 물어보고, 부족한 영어 실력으로도 자기 생각과 의견을 당당하게 전달할 수 있는 용기가 있다면 소통 능력은 저절로 향상되기 마련입니다. 얼마나 많은 영어단어를 아는지, 얼마나 원어민처럼 발음할 수 있는지보다는 '소통'에 더 초점을 맞추어 영어를 바라본다면 어떨까요?

Q. 아직 업무 경험이 얼마 없는 주니어입니다. 경력이 부족한 상태에서 해외 취업은 어려울 것 같은데 국내에서 경력을 좀 더 쌓고 가는 게 좋을까요?

안타깝게도 주니어 레벨일 때는 국내든 해외든 취업 시장이 녹록지 않은 것이 현실입니다. 많은 회사에서 교육에 시간과 비용을 투자해야 하는 주니어 레벨보다는 바로 성과를 낼 수 있는 시니어 레벨을 선호하기 때문이죠. 그래도 일단 어디서든 경력을 쌓아야 다음 레벨로 갈 수 있을 텐데, 국내에서 경험을 어느 정도 쌓은 뒤 해외 취업에 도전할지, 일찍부터 해외에서 경력을 쌓아나갈지 결정해야 하겠죠. 이럴 때 각 옵션의 장단점을 생각해 보시는 걸 권장해 드립니다.

주니어 레벨로 바로 해외 취업에 도전하시는 경우 면접 기회는 비교적 적게 주어집니다. 하지만 면접의 난이도는 상대적으로 쉬운 편이며, 취업에 성공해 일찌감치 해외 경력을 쌓는다면 그 이후의 이직은 더욱 수월해질 수 있습니다. 그 이유는 일반적으로 같은 일을 하더라도 그 경력을 어디에서 쌓았느냐에 따라 그 가치를 다르게 보기 때문입니다. 영국 채용 담당자의 선호도 순위를 매겨 보자면, 1순위가 영국 내에서의 경력, 그다음이 영어권 국가 또는 유럽 내 영어로 일하는 국가에서 경력, 그리고 마지막이 비영어권 국가에서의 경력입니다. 아무래도 언어가 같고 문화가 비슷한 곳에서 일해본 사람이 더 쉽고 빠르게 적응할 수 있다는 인식이 있겠죠.

이러한 장단점을 이해하시면 더 수월하게 결정을 내리실 수 있습니다. 면접 기회를 얻기 어렵더라도 시작 단계부터 해외에서 경력을 쌓아 나갈지, 국내에서 실력을 쌓은 뒤 조금 더 유리한 위치에서 해외 취업에 도전할지 고민해 보세요. 각자의 상황과 시간·경제적 여유에 따라 다른 결론이 나오겠죠. 다만 주니어 레벨이라고 해서 해외 취업이 불가능한 것은 아니기 때문에, 그 옵션을 아예 제외하실 필요는 없습니다. 업무 경력이 얼마 없다면 외부 활동을 더 하거나, 포트폴리오에 좀 더 신경 써서 부족한 부분을 채우시면 됩니다.

Q. 원하는 직무로는 취업이 잘 안 되는데 다른 직무로 오퍼를 받았어요. 희망 직무는 아니지만 일단 이 오퍼라도 수락해서 영국에서 경력을 쌓는 게 좋을까요?

답변을 드리기에 앞서 현재 오퍼를 받으신 직무가 희망하시는 직무와 얼마나 연관이 있는지를 알아야 할 것 같습니다. 두 직무가 어느 정도 연관이 있고, 현재 오퍼 받으신 직무로 경력을 쌓는 것이 나중에 희망 직무로 이직하실 때 도움이 된다면 이것도 괜찮은 선택지라고 생각합니다. 하지만 그렇지 않은 경우에는 굳이 영국에서 경력을 쌓기 위해 관심 없는 직무를 선택하시는 건 추천해 드리고 싶지 않습니다.

해외 취업은 커리어 설계를 하며 내릴 수 있는 수많은 결정 중 하나일 뿐입니다. 초반에는 해외에서 일한다는 것 자체에 매력을 느끼실 수 있겠지만(저도 그랬고요.), 이것도 시간이 지나 일상이 되면 무뎌지기 마련입니다. 결국엔 어떤 일을 하느냐가 더 중요하죠. 하루 8시간, 일주일에 40시간 이상을 소모하는 일이 만족스럽지 않다면 전체적인 삶의 만족도 또한 떨어질 수밖에 없을 것 같아요. 본인이 흥미를 느낄 수 있는 업무 자체에 집중해 선택하시는 게 더 롱런하는 방법입니다.

2장

영국 직장 생활의 기쁨과 슬픔

✧

영국 기업 문화는 처음이라

오늘부터 나도 영국 직장인

런던에서의 첫 출근날 아침이 밝았다. 얼른 회사에 가고 싶은 마음에 눈이 번쩍 떠졌다. 석 달이나 백수로 지내며 이날을 얼마나 간절히 기다려 왔던가. 드디어 나에게도 출근할 회사가 생겼다는 게 너무나도 감격스러웠다. 영국 취업을 끝내 이루지 못하고 돈이 다 떨어져 한국으로 돌아가면 어쩌나 하고 걱정하던 게 불과 얼마 전인데, 그새 면접에 합격해 갈 곳이 생겼다는 사실이 믿기지 않았다. 내가 영국에서 출근이란 걸 할 수 있게 된다니. 지난밤에는 설레는 마음에 잠도 설쳤다.

런던에 온 뒤로 여태껏 집에서 구직 준비만 하느라 출근 시간에 밖에 나갈 일이 없었다. 하지만 오늘부터는 나도 영국 직장인. 상쾌한 아침 공기를 마시며 가벼운 발걸음으로 집을 나섰다. 아침의 런던 지하철은 출근하는 직장인으로 가득했다. 평소라면 충분히 눈살을 찌푸릴 만한 인파였지만, 이날만큼은 붐비는 지하철을 타는 것조차 새롭고 즐거웠다. 바쁘게 걸음을 옮기는 런던 직장인들 사이에서 신나게 걸으며 나도 그들 중 한 명이 되었다는 기쁨을 온몸으로 만끽했다.

런던이 내어준 내 자리

설레는 마음으로 사무실에 도착했다. 일주일 전에 취준생 신분으로 최종 면접을 보러 왔던 곳에 직원이 되어 발을 들이니 감회가 새로웠다. 스타트업 사무실답게 오픈된 공간에 아기자기한 인테리어로 꾸며져 있었고, 벽 곳곳에는 각종 미팅의 결과물로 보이는 포스트잇 노트가 화려하게 붙어 있었다. 조금 일찍 도착해서인지 아직 출근한 직원이 별로 없었는데, 어리바리하게 주위를 둘러보고 있으니 한 남자 직원이 다가와서 반갑게 인사하며 내 자리를 알려 주었다. 앞으로 같은 팀에서 일하게 될 동료 D였다.

출근 첫 날, 사무실 내 자리

몇 달 전에 팀에 합류했다는 D는 폴란드에서 온 개발자였다. 그는 계속 폴란드에서만 일하다가 런던에 온 지 얼마 안 된, 나와 같은 '런린이(런던 어린이)'었다. 각자 어떤 이유로 이곳에 오게 되었는지 얘기를 나눴는데, 그도 나와 비슷하게 폴란드에서의 단조로운 생활에 싫증을 느끼고 런던행을 결정했다고 했다. 마치 몇 달 전 내 얘기를 듣는 듯 공감이 가서 고개를 격하게 끄덕이며 들었다. D와 나는 생긴 것도 다르고 살아온 배경도 다르지만, 같은 외국인 노동자라는 동지애 하나로 금세 공감대를 형성했다.

D가 안내해 준 내 자리에는 새 노트북과 모니터가 놓여 있었다. 내 자리라니… 아, 정말 런던에도 내 자리가 생겼구나! 긴 공용 책상 한편의 작은 공간이 나에게는 그 무엇보다 크게 느껴졌다. 석 달 동안 온갖 마음고생을 하며 얻어낸 소중한 공간이었다. 여태껏 나에게 고난만 주던 런던이 드디어 자리 하나를 내어 주는구나 싶어 새삼 고맙고 감격스러웠다. 이 자리에서 가장 먼저 노트북을 세팅하며 하루 일과를 시작했다.

팀원들의 따뜻한 환영

조금 있으니, 나의 상사인 S가 도착했다. 그는 나의 상사이자 우리 팀의 리더, 그리고 이 회사의 CTO이기도 했다. 대기업에 다닐 때는 직급에 'C' 자가 들어가는 임원들은 얼굴을 보기도 어려웠는데, 작은 스타트업에 오니 CTO가 바로 위 상사라니 정말 생소했다. 이런 직급 체계보다 더 신선한 건 직급에 상관없이 서로를 이름으로만 부른다는 사실이었다. '과장님'이나 '팀장님' 같은 호칭은 없었다. 사장부터 인턴까지 모두 서로를 존대 없이 이름으로 부르는 광경은 마치 미드의 한 장면에 들어온 듯 신기했다. 아직은 이런 문화가 조금 어색했지만, CTO가 나를 지현이라고 부르듯 나도 그를 S라고 불렀다.

"오늘 우리 팀에 합류한 개발자 지현에게 인사를 하러 오시면 자리에 있는 도넛을 드립니다!"

S가 출근길에 도넛을 한 박스 사 왔길래 이게 뭔가 싶었는데, 나의 첫 출근날을 위한 준비물이었다. 그는 내 책상 위에 도넛을 올려두고는 직원 단체 채팅방에 '도넛 프로모션' 공지를 올렸다. 재치 있게 도넛으로 홍보를 해준 덕에 사람들이 하나둘씩 내 자리에 인사하러 왔고, 자연스럽게 도넛을 집어 먹으며 그들과 서로 얼굴을 트고 얘기를 나눴다. 낯선 환경에서 내가 먼저 다른 사람들에게 다가가기에는 조금 어색했는데, S의 배려심 덕분에 수월하게 많은 사람과 인사를 주고받을 수 있었다. 나도 나중에 누군가의 상사가 된다면 그의 첫 출근날에 도넛을 사 가야겠다는 생각이 들었다.

여러 사람과 도넛 토크를 나누다 보니 업무 시간이 금방 지나갔다. 마지막 일정은 회사 전체 미팅이었는데, 주변을 둘러보니 60명가량 되는 직원 중 동양인은 나 혼자뿐이었다. 아무리 찾아봐도 정말 동양인이 나 빼고 단 한 명도 없다는 사실에 새삼 놀랐다. 내가 이방인이라는 게 실감 나는 순간이었다. 그럼에도 불구하고 내가 혼자가 아니라고 느꼈던 건, 첫날부터 이곳의 사람들이 보여준 따뜻한 친절과 배려심 덕분이었다. 유럽 사람들은 시크하고 정 없을 것 같다는 편견이 있었는데 영국에서 이런 다정함을 보게 될 줄이야. 많은 사람의 환영을 받으며 팀에 합류한 만큼 열심히 일해서 좋은 팀원이 되겠노라 다짐했다.

오랜만에 기분 좋게 바쁜 날이었다. 회사의 첫인상이 너무 좋아서 앞으로의 회사 생활이 무척이나 기대됐다. 이곳에는 대기업처럼 체계적인 교육 과정이나 조직적인 입사 프로세스는 없었지만, 나를 따뜻하게 맞아준 팀원들이 있었다. 그걸로 충분했다. 구직하는 동안 어디에도 소속되지 못한 낙동강 오리알 신세였는데, 이제 드디어 나의 팀에 생겼다는 게 너무나도 든든했다. 앞으로 이 회사에서 어떤 일이 펼쳐질지는 모르지만, 이런 좋은 팀과 함께라면 어떤 일도 잘 해낼 수 있을 거라는 자신감이 생겼다. 런던에 온 지 세 달 만에 링크드인에 회사 정보를 업데이트하고 기쁜 마음으로 잠을 청했다.

영국 상사는 물고기 잡는 법을 알려주지 않는다

"이번 주에는 무슨 일을 할 거예요?"

입사 첫 주에 상사가 나에게 물었다. 이 질문을 듣고 속으로 생각했다. '그건 내가 물어봐야 할 질문 아닌가? 첫 주부터 무슨 일을 할지 직접 얘기해 보라니…' 하지만 대놓고 이렇게 말할 수는 없었으므로 애써 당황한 기색을 감추고 그 주에 해야 할 일을 떠올려 봤다.

"개발 환경을 세팅하고 프로덕트에 대해 파악해 봐야겠어요. 팀원들과 미팅을 잡아서 설명을 좀 들어보면 좋겠네요."

곰곰이 떠올려보니 얼추 그럴듯한 대답이 나왔다. 이렇게 답하자 상사는 어떤 팀원과 미팅을 잡아야 하는지 알려줬다. 영국에는 이처럼 무슨 일을 어떤 방식으로 하라고 일일이 지시하지 않는 상사가 많다. 업무를 하나부터 열까지 알려주고 시키기보다는, 스스로 고민하고 결정할 수 있는 여지를 준다. 물론 상사 중에서도 사람 성향에 따라 차이가 있지만, 평균적으로 한국 상사보다는 훨씬 자유도를 많이 주는 편이다.

자유도 높은 영국의 업무 방식

팀에서 어느 정도 교육을 받고 나니 내 상사는 앞으로 해야 할 프로젝트에 대해 설명해 주었다. 이 프로젝트를 추진하게 된 배경과 최종적으로 얻고자 하는 결과물이 무엇인지 간단하게 안내해 주었다. 하지만 구체적으로 어떻게 그 결과에 도달해야 하는지는 가르쳐주지 않았다. 그 부분은 전적으로 나와 팀원들에게 맡긴다며 우리끼리 알아서 논의해 보라고 했다. 물고기를 잡아주지 말고 잡는 법을 알려주라는 말이 있는데, 영국 상사는 그보다 한발 더 나아가 물고기가 어디 있는지까지만 알려주는 것 같다. 그 물고기를 맨손으로 잡을지, 창살로 찍어서 잡을지, 낚싯대로 잡을지는 스스로 결정해야 한다.

업무 결정권과 직업 만족도의 상관 관계

언제, 어디서, 어떻게 일할지에 대한 선택권을 가진 직원들은 만족도, 혁신력 및 직무 성과가 더 높다.

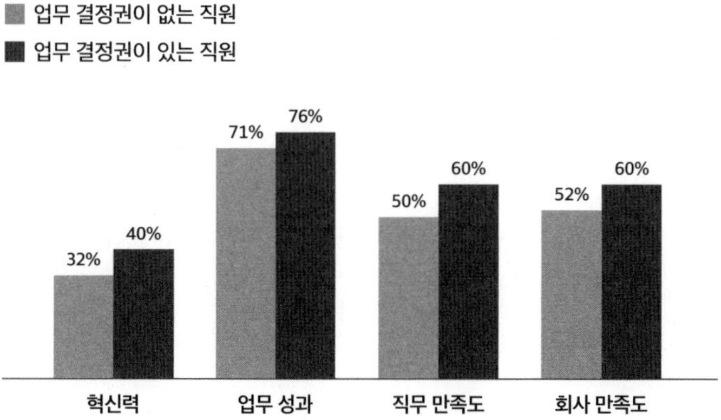

업무 결정권에 따른 성과 및 만족도 차이 (출처: Harvard Business Review)

이러한 자유도 높은 업무 방식에는 개개인이 크게 성장할 수 있다는 장점이 있다. 자유도가 주어진 만큼 팀원들은 프로젝트를 어떤 방식으로 진행할지 스스로 고민하고 결정해야 한다. 한국에서는 보통 리더급의 직원들에게만 이런 결정권이 주어지지만, 영국에서는 비교적 낮은 연차일 때부터 주도권을 가지고 일할 기회가 많은 편이다. 이렇게 일찍부터 직접 프로젝트 구현 방안을 설계하는 경험은 성장을 위한 값진 밑

거름이 된다.

업무 자유도가 높은 회사일수록 직원들의 성과 및 만족도가 높다는 통계가 있다. Harvard Business Review의 한 기사[1]에 따르면, 결정권이 더 많이 주어진 직원은 그렇지 않은 직원에 비해 평균 10~20% 업무 성과와 만족도가 높았다. 특히 혁신 부문에서는 두 그룹이 더욱 두드러진 차이를 보였다. 결정권이 주어지지 않은 직원의 혁신 점수가 32%인 것에 비해 결정권이 주어진 직원의 혁신 점수는 40%로 약 1.25배 더 높았다. 이러한 장점 때문에 많은 영국 회사에서는 직원들에게 좀 더 자유도를 주는 문화를 추구한다.

실제 경험으로는 통계 결과보다 더 큰 차이를 느꼈다. 상사가 나에게 주도권을 주었다는 건 내 전문성을 믿고 맡겼다는 뜻이기에 그 믿음을 저버리지 않도록 더 열심히 일하게 되었다. 프로젝트를 성공적으로 이끌기 위해 꼼꼼하게 리서치를

1 자유도가 높을수록 직원들의 성과가 더 높다는 내용의 기사.
원제: Employees Perform Better When They Can Control Their Space
출처: https://hbr.org/2014/01/employees-perform-better-when-they-can-control-their-space

하고, 각기 다른 옵션의 장단점을 비교해 보며 방향성을 잡았다. 이런 과정을 통해 프로젝트에서 직접 중요한 결정을 내리고 나니 일에 더 애정을 쏟게 되었고, 이후의 업무 생산성은 자연스럽게 따라 올라갔다. 자리가 사람을 만든다는 말대로 리더의 권한을 주면 리더처럼 일하게 된다는 것을 실감했다.

자유도가 높다고 혼자 일하라는 건 아니다

높은 자유도가 개인의 성장에 도움이 되기는 하지만, 이런 업무 방식이 익숙하지 않은 사람에게는 다소 어렵고 막막하게 느껴질 수 있다. 나도 한국 회사에 다닐 때는 선배들의 도움을 받는 것에 익숙했다. 중요한 업무는 경력 많은 선배들이 리드했기 때문에 나에게까지 결정권이 내려오는 일은 드물었다. 처음 영국 회사에서 상사가 나에게 프로젝트의 결정권을 맡겼을 때, 아직 경험이 부족한 나를 믿어준다는 사실이 고마우면서도 혹시라도 나의 부족함으로 팀에 민폐를 끼치지는 않을까 걱정됐다.

이럴 때 혼자 머리를 싸매고 끙끙대기보다는 팀원들과 함께 방향성을 찾아 나가는 게 훨씬 효율적이다. 상사가 주도권을 주었다고 해서 꼭 혼자 모든 걸 해결해야 하는 건 아니다. 좀 더 경력이 많은 팀원에게 조언을 구할 수도 있고, 다양한 의견을 모아 미처 생각하지 못했던 부분을 채울 수도 있다. 이것 또한 프로젝트를 이끌어나가는 과정이며, 오히려 혼자 모든 걸 결정할 때보다 다른 팀원들과 토론을 통해서 방안을 찾아나갈 때 더 뛰어난 결과물을 낼 수 있다.

적절한 타이밍에 상사의 피드백을 받는 것 또한 훌륭한 방법이다. 업무 자유도가 높다는 게 상사에게 아무 질문도 하지 않고 혼자 업무를 100% 완성하라는 의미는 아니다. 중간 점검과 피드백 없이 진행되는 프로젝트는 자칫 산으로 갈 위험이 크기 때문에, 프로젝트의 설계와 진행 상황을 공유하며 상사의 의견을 들어보는 게 좋다. 다만 상사가 처음부터 다 알려주길 기대하는 태도는 지양해야 한다. 충분한 데이터를 수집하고 스스로 고민해 본 뒤 조언을 구해야 더 유용한 피드백을 받을 수 있다. 이를테면 "물고기를 어떻게 잡아야 할까요?"라고 물을 것이 아니라, "물고기를 창살로 잡는 것과 낚싯대로 잡는 것의 장단점을 비교해 보았습니다. 팀원들과 토론해 본 결과 창살이 보다 저렴하긴 하지만, 아무래도 낚싯대의 편리

함이 월등하기 때문에 이쪽으로 방향성을 잡으려고 합니다. 어떻게 생각하시나요?"라고 질문해야 한다.

물고기 잡는 법을 스스로 찾아내는 힘을 기르면 어떤 바다에 떨어져도 살아남을 수 있다. 주도적으로 일하는 경험을 통해 업무적으로 성장할 뿐 아니라, 어떠한 일이든 해낼 수 있다는 자신감까지 얻을 수 있기 때문이다. 그게 내가 영국에 온 이유였다. 굳이 익숙하고 편한 환경에서 벗어나서 여기까지 온 건, 힘들더라도 더 많이 성장하고 어디서든 잘할 수 있다는 자신감을 얻고 싶어서였다. 나는 영국이라는 바다에서 나만의 물고기 채집법을 익혔다. 비록 그 과정이 쉽지 않을지라도, 이 고생은 충분한 가치가 있다고 자신할 수 있다.

눈치 보지 않고 휴가 쓸 수 있는 자유

"눈치 안 보고 휴가 좀 마음껏 쓸 수 있으면 좋겠어."

한국에 있는 지인이 회사에서 휴가 신청하기 눈치 보인다며 하소연을 했다. 나도 한국에서 일하던 때는 상사에게 허락받아야 연차를 쓸 수 있었다. 내가 일하던 팀에서는 보통 미리 얘기만 해두면 휴가 쓰는 데 문제는 없었지만, 내 주변에는 일이 많다는 이유로 휴가 승인을 못 받아 연말에 대신 돈으로 받는 사람도 많았다. 심지어 업무량 때문이 아니라 눈치가 보인다는 이유로 휴가 신청조차 못 하는 지인도 있었다. 팀원들이 모두 휴가를 안 쓰고 일하는데 본인만 휴가를 신청하기가 눈치 보인다는 것이었다.

영국에 오고 나서는 이런 고민을 한 적이 없는 것 같다. 한국에서처럼 휴가를 내기 전 상사에게 허락받으려고 물어봤더니, 특별히 바쁜 시기가 아닌 이상 연차 2주까지는 따로 물어보지 않고 시스템상으로 신청하면 된다고 했다. 2주씩이나 자리를 비우는데 물어보지도 않고 연차를 내라고 하니 신기할 따름이었다. 여기도 휴가 승인 제도가 있긴 하지만, 상사의 '허락'을 구한다기보다는 일정을 '공유'하는 개념에 가깝다. 휴가는 당연한 개인의 권리이기 때문에 누구도 연차 내는 것에 관해 눈치 주지 않는다.

영국의 휴가 제도

영국은 휴가 제도부터가 한국과 다르다. 일단 법적으로 보장되는 유급 휴가의 개수가 한국보다 많다. 한국에서는 법적 유급 휴가가 연당 15개인 반면, 영국의 법적 유급 휴가는 연당 20개[2]다. 게다가 통상적으로 법적 기준 이상의 연차(24~26개)를 제공하는 회사가 많기 때문에 휴가는 굉장히 넉넉한 편이다. 반면 한국보다 공휴일 개수는 적다. 한국의 연간 공휴일이 15일인 것에 반해 영국의 공휴일은 그의 반 수준인 8개[3]다. 결론적으로 1년 당 총 쉬는 날의 개수는 30일 내외로 한국이나 영국이나 비슷한 수준인데, 한국은 모두가 함께 쉬는 공휴일이 많고 영국은 자유롭게 쓸 수 있는 연차가 더 많은 것이 차이점이다.

영국에서 연차는 돈으로 환산할 수 없다. 법적으로 회사가 개인의 미사용 휴가를 돈으로 지급해야 할 의무가 없기 때문

2 공식적인 법적 유급 휴가 개수는 공휴일 포함 28일로 표기되어 있다(2023년 기준). 일반적으로 매년 8일의 공휴일이 있기 때문에 사실상 이를 제외한 최소 연차 개수는 20일이다.

3 일반적으로는 연간 공휴일의 개수가 8개지만, 때에 따라 특별 공휴일이 추가되기도 한다. 2022년에는 엘리자베스 2세 여왕의 즉위 70주년을 기념하기 위한 공휴일이 추가되었고, 2023년에는 찰스 3세 국왕의 대관식을 기념하기 위한 공휴일이 추가되었다.

에 보통은 휴가가 남아도 돈으로 환산되지 않는 것이 원칙[4]이다. 그 대신 사정상 다 사용하지 못한 휴가는 최대 5일[5]까지 다음 해로 넘길 수 있게 해 준다. 하지만 그 이상 휴가를 남기면 돈으로 지급되지 않고 그냥 소멸한다. 제도가 이렇다 보니 연차를 다 사용하지 않는 것은 엄청난 손해다. 따라서 모든 직원이 어떻게든 휴가를 다 소진하며, 정말 바빠서 1년 내내 휴가를 거의 못 쓴 경우 12월을 통째로 쉬기도 한다. 이렇게 연속 한 달이나 쉬는 걸 보면 영국에서 얼마나 눈치 보지 않고 휴가를 쓰는지 알 수 있다.

또한 영국에서는 연차와 별개로 병가sick leave가 보장된다. 병가는 아플 때 쓸 수 있는 휴가로, 일반 연차와 마찬가지로 유급 휴가다. 영국 정부의 공식적인 가이드[6]에 따르면 모든 직원은 아프면 병가를 신청할 수 있으며, 연속 7일 이상 아픈 경우 회사에 증거를 제출해야 한다. 즉, 7일까지는 별도의 증거 없이도 병가를 낼 수 있다는 것이다. 그래서 영국에선 몸이 안

4 연중에 퇴사하는 경우에는 회사가 개인의 미사용 휴가를 돈으로 지급할 의무가 있다.
5 통상적인 기준이 5일이며, 회사마다 규정은 조금씩 다르다.
6 병가에 관한 영국 정부 공식 가이드. 출처: https://www.gov.uk/taking-sick-leave

좋아 일을 하기 어려우면 그냥 직속 상사에게 오늘은 몸이 안 좋아 쉬겠다고 메시지를 보내고 휴식을 취한다. 직원들이 이렇게 쓰는 병가의 개수가 1년에 평균 4.6일[7]이라고 한다. 누구나 1년에 4~5일 정도는 아플 수 있으니 합리적인 숫자라고 생각한다.

반면 한국에선 웬만큼 아프지 않고서야 회사를 나가는 게 당연했고, 심하게 아픈 경우 연차를 쓰고 쉬었다. 영국과 달리 한국에서는 병가가 근로기준법으로 정해진 제도가 아니기 때문에 회사 내부 규정에 따라 보장 여부가 다르다. 그리고 회사에 병가 제도가 있다고 해도 아무도 병가를 쓰지 않으니 혼자 신청하기 눈치 보이는 게 현실이었다. 그래서 몸살감기에 걸려 몸이 많이 안 좋았는데도 출근을 했고, 너무 기운이 없어 점심시간에 근처 병원에서 잠시 수액을 맞고 돌아와 다시 일했던 기억이 있다. 사실 아플 때 무리해서 일하기보다는 푹 쉬고 얼른 컨디션을 회복해야 더 생산적으로 일할 수 있는데 이렇게 무리해서 출근하는 게 무슨 의미가 있나 싶다. 한국에도

7 2021년 기준 직원들의 평균 연간 병가 사용 개수.
출처: https://www.safeworkers.co.uk/health-wellbeing/average-sick-days-uk

병가 제도가 보편화되었으면 한다.

정리해 보면 영국에서는 연간 유급 휴가가 20개 이상이고, 연차는 돈으로 환산할 수 없으며, 연차와 별개로 병가가 제공된다. 한국의 휴가 제도와 다른 점이 꽤 많다. 이러한 제도 덕분인지 아니면 휴가는 개인의 권리라는 인식이 깊숙이 박혀 있기 때문인지 모르겠지만, 영국에선 눈치 보지 않고 휴가를 자유롭게 쓸 수 있다.

영국 직장인은 어떻게 휴가를 보낼까

직장인이 휴가를 보내는 방식에 여행만 한 것이 또 있을까. 팍팍한 일상에서 벗어나 색다른 풍경을 보고, 낯선 음식을 먹고, 새로운 경험을 해보는 시간. 일상의 고민을 잠시 내려놓고 마음껏 여행을 즐기다 보면 '이러려고 돈 버는 거지' 하는 생각이 절로 든다. 때로는 힐링을, 때로는 영감을 주는 여행은 많은 직장인이 지친 몸과 마음을 충전하는 방법이다.

휴가 때 여행을 즐겨하는 건 영국 직장인도 마찬가지다. 유럽에는 저가 항공이 많아 해외여행의 금전적 부담이 한국보다 훨씬 적은 편이다. 특히 런던에는 왕복 100파운드(약 한화 160,000원) 내외로 살 수 있는 저렴한 항공권이 많은데, 한 번은 두 시간 거리의 항공권이 10파운드(약 한화 16,000원)에 판매되고 있는 걸 보고 '이렇게 팔아서 남는 건 있나?' 하는 의문이 들기도 했다. 게다가 런던은 국제공항이 6개나 있어 대부분의 유럽 관광 도시는 런던에서 직항으로 2~3시간이면 도착할 수 있다. 유럽 여행하기에는 정말 최적의 환경이라고 볼 수 있다.

기차로 두 시간이면 파리에 가서 반짝이는 에펠탑을 구경할 수 있고, 브뤼셀에 가서 달달한 벨기에 와플을 먹을 수도 있다. 비행기로 두 시간이면 바르셀로나 바닷가를 바라보며 맥주 한 잔을 즐길 수 있고, 겨울에는 새하얀 오스트리아 알프스 산맥에서 스키를 탈 수도 있다. 모두 내가 런던에서 갔던 여행지이다. 여행을 할 때마다 '이토록 아름다운 곳을 이렇게 쉽게 올 수 있다니' 하며 벅찬 감동을 느낀다. 한국에 살 때 유럽은 멀고 비싸서 어쩌다 한번 갈까 말까 한 여행지였는데, 런던에 살면서는 내가 원할 때 언제든지 떠날 수 있는 곳이 되었다.

유럽 여행의 다양한 즐거움

여행을 자유롭게 다닐 수 있다는 점은 런던살이의 큰 장점이다. 자유롭게 쓸 수 있는 휴가가 주는 시간적 여유, 저가 항공권으로 얻는 금전적 여유, 그리고 다른 유럽 나라와 가깝다는 지리적 이점까지. 런던은 유럽 여행하기에 더할 나위 없이 좋은 도시다. 그리고 이곳에 사는 동안은 그 혜택을 충분히 누릴 계획이다. 유럽에는 좋은 여행지가 너무 많아서 런던에 산 지 4년이 지난 지금도 아직 못 가본 곳이 수두룩하다 (코로나 때문에 한동안 여행을 못 하기도 했으니 더욱 그렇다). 앞으로 지도 앱에 별표로 찍어둔 여행지를 하나씩 가볼 생각을 하면 오늘도 일할 맛이 난다.

영국 회사에는 영국인만 있다? No!

런던에서 일을 시작하고 나서 가장 놀란 점 중 하나는 팀에 영국인보다 다른 나라에서 온 외국인이 더 많다는 점이었다. 옆자리 개발자는 폴란드인, 앞자리 인프라 담당자는 불가리아인, 품질을 담당하는 테스터는 아랍에미리트인, 그리고 프로덕트 디자이너는 덴마크인이었다. 우리 팀은 8명의 팀원 중 영국인 두 명을 제외하고는 모두 외국인으로 이루어진 다문화적 팀이었다.

우리 팀뿐 아니라 객관적인 데이터로 봐도 영국에는 외국인 인구 비중이 높다. 옥스퍼드 대학 Migration Observatory의 통계[8]에 따르면, 2021년 기준 영국에 사는 이민자 인구는 영국 전체 인구의 14.5%라고 한다. 특히 런던에는 다른 영국 지역에 비해 외국인 인구가 월등히 많은데, 런던에 사는 이민자는 무려 전체 인구의 37%에 달한다. 즉, 런던에 사는 사람 10명 중 대략 4명은 외국인이다.

영국은 많은 외국인에게 매력적인 이민 국가로 꼽힌다. 영국은 유럽 내 GDP 수준 2위를 차지하고 있고, 그중에서도 런던은 뉴욕에 이어 세계에서 두 번째로 큰 금융 중심 도시다. 따라서 런던은 다른 유럽 도시에 비해 높은 연봉과 많은 일자리를 제공한다. 또한 세계 공용어인 영어를 기본 언어로 사용하기 때문에 다른 언어를 사용하는 국가에 비해 진입 장벽이

8 영국의 이민자 인구를 분석한 통계. 출처: https://migrationobservatory.ox.ac.uk/resources/briefings/migrants-in-the-uk-an-overview

여러 은행과 금융 기업이 모여 있는 런던 동쪽

낮은 편이다. 이러한 이유로 많은 외국인은 런던으로 향하고 있다.

다양한 국적의 팀원들과 일하면 좋은 점

다양한 배경을 가진 동료들과 일하는 것은 나에게 아주 특별한 경험이었다. 런던에 산지 4년이 지난 지금도 회사를 옮기거나 팀에 새로운 인원이 들어올 때마다 전에 보지 못했던 국적의 동료를 만나곤 한다. 첫 팀에는 유럽 곳곳에서 온 동료들이 많았고, 두 번째 팀은 유럽 및 아시아에서 온 동료들로 구성되어 있었다. 현재 속한 팀은 유럽, 아시아, 중동, 남미 출신 동료들이 골고루 섞여 일하고 있다. 이렇게 다양한 배경의 팀원들과 일하면 좋은 점이 몇 가지 있다.

첫째, 여러 국가에 대한 지식이 쌓인다. 동료들과 업무 외 잡담을 하다 보면 흥미로운 것들을 많이 배우게 된다. 그냥 점심 먹으며 얘기만 좀 나눴을 뿐인데, 어느새 폴란드의 역사, 아르헨티나의 음식 종류, 인도의 각종 축제에 대해서 알게 되었다. 다양한 나라의 문화를 책이 아닌 사람을 통해 생생하게 배우는 것이다. 동료들과 이런 대화를 나눌 때마다 내 지식이 한층 업그레이드되는 기분이다. 이렇게 폭넓은 주제로 나누는 대화는 따분한 날씨 얘기보다 훨씬 재미있고 유익하다.

둘째, 타인과 세상을 보는 관점이 넓어진다. 여러 국적의 동료들을 만나다 보면 세상에는 정말 다양한 사람과 문화가 있다는 걸 새삼 느끼게 된다. 그리고 이런 문화 차이 때문에 나에게 당연한 것들이 다른 누군가에겐 생소하게 느껴질 수도 있다는 걸 깨닫게 되었다. 스페인에서는 하루에 다섯 끼를 먹는 게 당연하고, 인도에서는 소고기를 먹지 않는 게 당연하지만, 한국인에겐 그렇지 않다. 런던에 살면서 이런 문화 차이에서 오는 '다름'을 '틀림'으로 여기지 않고 '다름' 그 자체로 받아들이는 연습을 하게 되었다. 서로 옳고 그름을 따지는 것이 아니라 그냥 '나와 다른 문화를 가지고 있구나' 하고 있는 그대로 인정하는 것이다. 그런 연습을 계속하다 보면 타인을 더 잘 이해할 수 있게 되고 세상을 바라보는 관점을 넓힐 수 있다.

셋째, 영국인이 아닌 동료들과는 같은 외국인 입장에서 공감대를 형성할 수 있다. 언어와 문화 차이에 대한 고충은 모든 외국인이 공감할 수 있는 부분이다. 우리 팀에는 영국 북부 스코틀랜드 출신의 프로덕트 디자이너가 있었는데, 그의 강한 스코틀랜드식 발음은 정말 집중하지 않으면 알아듣기 어려웠다. 나만 그런 줄 알았는데 다른 외국인 동료들과 얘기하다 보니 그들도 스코틀랜드식 발음을 어려워한다는 걸 알게 되었다. '나만 그런 게 아니었구나' 하는 생각에 마음이 놓이며 그들과 같은 외국인으로서의 연대감을 형성할 수 있었다. 이렇게 서로의 고충에 공감해 줄 수 있는 친구 몇 명만 있으면 타지 생활의 외로움은 많이 줄어든다.

회사의 다양성 및 포용성Diversity & Inclusion 정책

회사 차원에서도 다문화적인 팀이 가져오는 장점이 있다. 다문화적 팀은 평균적으로 더 높은 업무 성과를 낸다고 알려져 있다. McKinsey의 한 연구[9]에 따르면 다양한 국적과 인종이 섞여 있는 팀은 산업 평균보다 35% 높은 업무 성과를, 성별이 골고루 분포되어 있는 팀은 산업 평균에 비해 15% 높은 업무 성과를 보였다. 다양한 배경을 가진 동료들이 함께 일하

9 다양성과 업무 성과의 상관관계를 분석한 McKinsey 연구.
원제: Why Diversity Matters.
출처: https://www.mckinsey.com/capabilities/people-and-organizational-performance/our-insights/why-diversity-matters

면 각자의 강점을 살린 아이디어가 한데 모이게 된다. 이때 각자의 차이점을 이해하며 한 팀으로서 베스트 솔루션을 찾아가다 보면, 창의적인 결과물을 도출해 팀의 성과를 증진할 수 있다.

이처럼 여러 문화가 공존하는 환경에 큰 장점이 있다 보니, 많은 런던 기업에서는 최대한 다양한 배경의 인재를 확보하기 위해 노력한다. 아예 채용 단계에서부터 인종이나 성비를 고려하여 채용하는 회사도 꽤 된다. 예를 들어 현재 팀원이 대부분 백인 남성으로 구성되어 있다면, 백인 남성 지원자보다는 여성 또는 유색 인종의 지원자를 더 선호하는 것이다. 물론 다양성 때문에 실력이 부족한 지원자를 채용한다는 건 아니다. 다만 같은 실력일 경우 팀의 다양성을 높일 수 있는 지원자를 먼저 채용하는 것이다.

영국 기업에서는 이렇게 채용된 인재들이 차별 없이 동등한 기회를 가지고 일할 수 있도록 포용성 정책 확립에도 힘쓴다. 인종 및 출신 국가뿐 아니라 성, 나이, 종교, 결혼 여부, 또는 장애 유무에 따라 차별받지 않도록 엄격하게 규제한다. 만약 차별받는 경우가 있다면 관련 팀에 신고할 수 있는 창구를 제공하고, 회사 차원에서 이러한 컴플레인을 심각하게 받아들인다. 이러한 차별이 발생하는 것 자체를 방지하기 위해 다양한 교육 프로그램을 제공하기도 한다.

이러한 노력 덕분인지 동양인이 나 하나뿐이었던 회사를 다니면서도 인종차별을 느낀 적은 없었다. 오히려 각기 다른 외국인 동료들이 출신 국가 고유의 문화를 당당하게 드러내는 것을 볼 수 있었다. 한 오스트리아 출신 동료는 팀원들에게 종종 오스트리아 얘기를 들려주곤 했는데, 한 번은 자유 주제로 진행되는 사내 발표 시간에 자진해서 오스트리아 문화에 관한 발표를 진행했다. 장장 한 시간을 자신의 나라에 대한 설명으로 채울 정도로 그 나라를 사랑하는 그녀의 모습이 멋져 보였다. 나 또한 외국인이라는 이유로 주눅 들지 말고 한국 문화를 당당하게 드러내야겠다는 생각이 들었다.

실수에서 배울 점을 찾는 영국 회사

"미친 거 아니야? 죽고 싶어?"

한국에서 회사에 다닐 때 옆 팀에서 어느 차장님이 실수한 사원에게 죽고 싶냐며 소리를 지르는 걸 들었다. 어찌나 큰 소리로 혼을 내던지 사무실에 있던 사람들이 다 그 소리를 들었을 정도다. 호되게 혼나는 마당에 사람들의 시선까지 더해졌으니 얼마나 속상했을지 짐작이 가서 내가 다 안타까웠다. 일부러 못된 마음을 먹고 일을 망친 것도 아니고, 정말 말 그대로 실수일 뿐인데 저런 심한 말까지 꼭 해야 했을까? 실수 한 번에 죽고 싶냐는 소리까지 듣다니 정말 살벌하다고 생각하며 한 편으로는 그 차장님이 내 상사가 아닌 것에 안도했다.

어떤 직장에서든 누군가 실수를 저지르는 상황은 발생하기 마련이다. 영국 회사도 예외는 아니다. 그런데 영국 회사에서는 실수한 사람을 공개적으로 나무라는 광경은 보기 어렵다. 게다가 저런 심한 말이 오가는 건 상상도 할 수 없는 일이다. 이는 영국인이 한국인보다 마음이 너그럽거나 인내심이 뛰어나기 때문은 아니다. 관점의 차이일 뿐이다.

영국에서는 누군가 실수를 저지르면 실수한 사람을 탓하는 것이 아니라 실수할 여지를 준 환경을 탓한다. 그리고 그 환경을 개선할 방안을 찾기 위해 모든 팀원이 머리를 맞대고 회의를 한다. 사람을 탓하는 건 그 상황에 아무런 도움이 되지 않으며, 환경을 개선해야 다음에 같은 실수를 반복하지 않도록 방지할 수 있기 때문이다. 영국에서 환경을 개선하기 위해 활용하는 회의는 대표적으로 Postmortem과 Retro가 있다.

실패에서 배울 점을 찾는 Postmortem

일을 하다 보면 간혹 큰 문제가 생기는 경우가 있다. 개발자에겐 시스템 장애가 이런 문제의 대표적인 예다. 시스템 장애란 시스템에 문제가 생겨 사용자가 접속 불가한 상태를 뜻한다. 이러한 장애가 발생하는 원인은 사람의 실수일 수도 있고, 예상치 못한 시스템의 오류일 수도 있고, 피할 수 없는 자연재해일 수도 있다. 어떤 원인으로 일어난 일이든 이러한 실패에는 배울 점이 있다. Postmortem은 문제의 원인 분석을 통해 실패에서 배울 점을 찾는 회의이다. Postmortem은 한국어로 '부검'이라는 뜻인데, 회의에 이런 이름을 붙인 건 그만큼 문제의 원인을 샅샅이 파헤친다는 의미이다.

한 번은 영국 회사에서 실수로 등골이 서늘해지는 사고를 친 적이 있었다. 내가 시스템에 데이터베이스 설정값을 잘못 입력하여 한 시간 동안 사용자들이 회원 가입을 못 하고 있었다는 걸 뒤늦게 발견한 것이다. 내 실수로 일어난 문제임을 알게 된 뒤 식은땀이 삐질삐질 흘렀다. 하지만 일단 문제 해결이 우선이었으므로 신속히 데이터베이스 설정값을 복구해 시스템을 정상화시키고, 영향이 간 사용자들에게 다시 회원 가입을 할 수 있도록 안내 메일을 보냈다. 이렇게 겨우 한숨을 돌렸지만 당황한 마음은 쉽게 가라앉지 않았다. 어쩔 줄 몰라 '왜 그랬지' 하며 자책하고 있었는데, 팀원들이 나를 탓하기는 커녕 오히려 괜찮다며 위로해 줬다. 그리고 누구나 할 수 있었던 실수였다는 말을 덧붙이며 이런 일이 다시 발생하지 않도록 해결책을 함께 찾아보자고 했다. 그렇게 해서 처음으로 Postmortem 회의에 들어가게 되었다.

Postmortem 회의에서는 문제가 발생한 근본적인 원인을 찾는다. "누군가의 실수였다"라는 건 표면적인 원인에 불과하므로, 실수할 여지를 준 근본적인 원인을 찾기 위해 "why?"라는 질문을 반복한다. 최소 다섯 번은 "why"를 물어야 한다는 '5 whys' 방법론도 있다. 이렇게 계속 질문을 반복하다 보면 근본적인 원인에 이르게 된다. 예를 들면 충분한 보안 장치가 마련되지 않았다거나, 그 직원이 제대로 교육을 받지 못한 상태로 일에 투입이 되었다거나 하는 요소들이 근본적인 원인이 될 수 있다.

근본적인 원인을 찾았다면 그 원인을 제거하여 같은 실수를 반복하지 않도록 방지한다. 보안이 원인이었다면 보안을 강화하고, 교육이 원인이었다면 교육 제도를 개선하면 된다. 여기서 중요한 건 특정 팀원을 비난하거나 처벌하는 방향은 지양해야 한다는 것이다. 이런 비난은 아무런 도움이 되지 않으며, 오히려 분위기만 흐려 역효과를 낼 수 있다. Postmortem 회의의 목적은 실패를 배움의 기회로 삼아 다시 같은 일이 반복되지 않도록 방지하는 것이기 때문에, 이 시간에는 그저 목적에 충실하게 해결 방안을 찾으면 된다.

끊임없이 개선점을 찾는 Retro

실패를 통해 배우는 것도 좋지만, 가능하다면 소 잃고 외양간을 고치는 것보다 외양간을 정기적으로 점검하는 편이 낫다. 외양간을 점검하듯 지속적으로 팀의 업무 환경을 검토하는 대표적인 방법으로 Retro 회의가 있다. Retro는 Retrospective의 줄임말로, 한국어로 '회고'를 뜻한다. 말 그대로 현재 일하는 방식을 돌아보며 개선점을 논의하는 회의이다. 그동안 잘한 점, 개선이 필요한 점, 그리고 이를 개선할 수 있는 방안을 찾는 것이 이 회의의 주요 목적이다. 전형적인 진행 방식으로는 팀원들이 각자 포스트잇 노트에 자신의 생각을 적어 해당하는 열에 붙이는 방식이 있으며, 원격 근무를 하는 경우 온라인 플랫폼을 활용하기도 한다.

잘한 점 - What went well?

이 부분에는 팀에서 함께 이뤄낸 성과에 대한 언급, 개인적인 시간을 내서 다른 팀원을 도와준 동료에 대한 고마움 표현 등 우리 팀이 잘한 점을 적는다. 잘한 것은 당연하게 여기고 개선할 점에만 집중하다 보면 팀원들의 사기를 떨어트릴 수 있다. 따라서 잘하고 있는 부분은 칭찬해 주고 계속 같은 방향

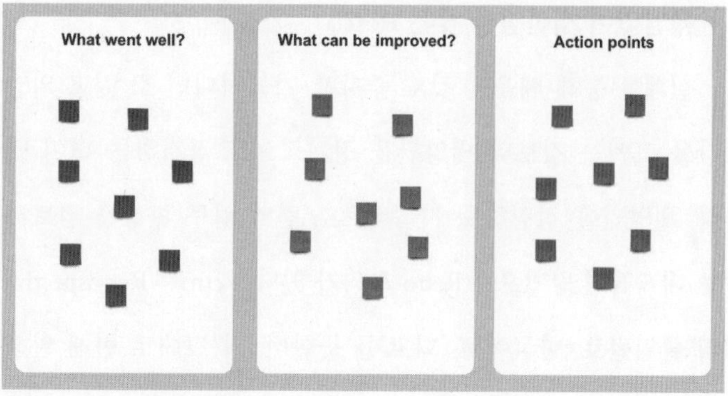

Retro 회의 진행 방식 예시

으로 나아갈 수 있도록 격려해 주는 의미로 잘한 점을 적는다.

개선할 점 - What can be improved?

이 부분에는 현재 팀이 일하는 방식 중 개선하고 싶은 점을 적는다. 충분히 효율적으로 업무를 진행하고 있는지, 회의는 너무 많거나 적지 않은지, 보완하고 싶은 부분은 없는지 생각해 보고 내용을 적는다. 어느 팀이든 개선할 부분이 있기 마련인데, 많은 팀이 이런 점을 고민해 보는 시간을 갖지 않기 때문에 오랫동안 같은 방식으로 일하곤 한다. 하지만 오랫동안 고수한 방식이라고 해서 그게 가장 좋은 방식이라는 보장은 없다. 주기적으로 개선할 점에 대해 고민하다 보면, 꾸준히 발전해서 점점 더 나은 방식을 찾아갈 수 있다.

개선 방안 - Action points

개선할 점을 찾았다면 그 부분을 어떻게 개선할지 고민하여 아이디어를 낸다. 여기서 개선 방안은 최대한 구체적이며 실행 가능하게 적는 것이 좋다. 실행 가능한 개선 방안을 도출하기 위해서는 무엇을 언제까지 어떻게 해야 하는지 명확히 명시되어야 한다. 그리고 마지막으로 누가 이것을 실행할지 담당자를 지정하여 다음 회의까지 해당 담당자가 책임지고 이를 수행하도록 한다.

완벽한 팀이 되는 건 불가능하다. 하지만 한 달 전보다, 1년 전보다 나아질 수는 있다. Postmortem과 Retro 회의는 꾸준히 발전하는 팀이 되기 위한 노력이다. 한국에도 이런 기업 문화가 더 많이 퍼졌으면 좋겠다. 누군가 실수했을 때 비난하고 징계하는 대신 이를 배움의 기회로 삼기를 바란다. 실수가 무서워 도전하지 않고 고여 있는 것보다는 수없이 실수하고 그만큼 많이 배워 성장하는 편이 낫다고 생각한다. 실수는 배움의 기회일 뿐, 죽고 싶냐는 소리를 들어야 할 일이 아니다.

영국의 360도 동료 평가

한국에서의 성과 평가는 보통 위에서 아래로 단방향으로 진행되었다. 연 단위로 팀 목표에 기반해 개인 목표를 세운 뒤, 연말이 되면 직속 상사가 나의 목표 달성률을 평가하는 방식이었다. 이 평가 결과를 바탕으로 성과급이 지급되고, 승진이 결정되며, 회사의 사정이 어려운 경우에는 성과가 안 좋은 직원이 구조조정의 대상이 되기도 했다. 그만큼 상사의 평가가 중요했기에 상사와 좋은 관계를 유지하는 건 선택이 아니라 필수였다.

반면에 영국에서는 단방향 평가가 아닌 '360도 동료 평가'가 보편적이다. 직속 상사만 나를 평가하는 게 아니라 다각도로 평가가 진행되기 때문에 360도 평가라고 부른다. 나와 함께 일하는 동료들 모두가 평가자가 될 수 있는 것이다. 이러한 동료 평가는 보통 1년 또는 6개월에 한 번 익명의 설문을 통해 진행된다. 가장 밀접하게 일하는 동료들(일반적으로 10명 내외)에게 피드백을 요청하여 평가받는다.

상사 역시 나에게 평가받는다. 리더로서의 역할을 잘하고 있는지에 기반해 피드백을 받는데, 이는 그의 상관이 보게 되며 어느 정도 고과에 반영되기도 한다. 즉, 나와 상사가 같은 방식으로 서로를 평가하는 것이다. 이처럼 성과 평가가 양방향으로 이루어지기 때문에 나와 상사는 상하관계가 아닌 동등한 입장이 된다. 여전히 상사의 평가가 중요하긴 하지만, 그만큼 상사에게도 나의 평가가 중요하다는 것이 단방향 평가와의 차이점이다.

360도 동료 평가 진행 방식

보편적으로 동료 평가는 여러 평가 항목 중 해당 동료의 강점과 개선점을 선택하는 방식으로 진행된다. 그리고 왜 이 항목을 뽑았는지 설명을 덧붙일 수 있다. 평가가 끝나면 동료들의 피드백을 통합한 결과서가 나오고, 이 결과서를 보면 대다수가 강점으로 꼽은 항목과 개선점으로 꼽은 항목이 한눈에 보인다. 이를 바탕으로 본인이 잘하고 있는 부분과 개선해야 할 부분을 파악하도록 돕는 것이 동료 평가의 주목적이다.

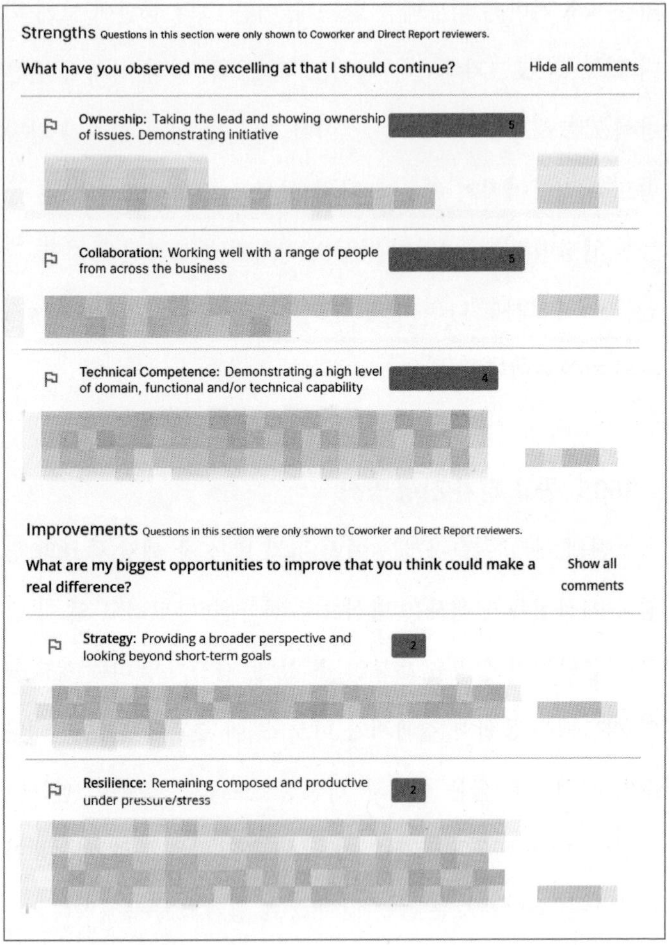
Strengths Questions in this section were only shown to Coworker and Direct Report reviewers.

What have you observed me excelling at that I should continue? Hide all comments

Ownership: Taking the lead and showing ownership of issues. Demonstrating initiative — 5

Collaboration: Working well with a range of people from across the business — 5

Technical Competence: Demonstrating a high level of domain, functional and/or technical capability — 4

Improvements Questions in this section were only shown to Coworker and Direct Report reviewers.

What are my biggest opportunities to improve that you think could make a real difference? Show all comments

Strategy: Providing a broader perspective and looking beyond short-term goals — 2

Resilience: Remaining composed and productive under pressure/stress — 2

동료 평가 결과서 예시

평가 항목 예시

- 기술적 역량
- 문제 해결 능력
- 협업 능력
- 커뮤니케이션
- 전략 설계 능력
- 배움에 대한 열정
- 교육 및 인재 양성
- 리더십

이런 평가 방식에 익숙하지 않았던 나에게 첫 동료 평가는 무척이나 떨리는 일이었다. 동료들이 어떤 피드백을 남겼을지 궁금하면서도, 한편으로는 결과를 보기가 매우 두려웠다. 이렇게 많은 동료에게 평가를 받아본 적이 없어 무엇을 예상해야 할지 가늠이 되지 않았고, 기술적으로 아직 배우고 있는 단계라 스스로 많이 부족하다고 느꼈기 때문이다. 그래서 어느 정도 지적받을 마음의 준비를 하고 결과서를 펼쳐 보았다.

강점

"새로운 기술 스택을 배우고 있음에도 굉장히 실력이 좋다. 퀄리티 높은 코드를 빠르게 작성하고, 다음에 발생할 수 있는 문제도 예상하여 적절히 대비한다."

"한번 시작한 일은 책임감을 가지고 끝까지 해내며, 문제가 있을 경우 이를 해결하기 위해 능동적으로 소통한다."

결과는 예상외로 굉장히 긍정적이었다. 강점 항목이 개선점에 비해 훨씬 많은 걸 보며 뿌듯한 마음을 감출 수 없었다. 특히 내가 걱정했던 기술적인 부분은 오히려 아주 높은 평가를 받았다. 스스로 부족하다고 생각해서 더 열심히 공부하고 부단히 노력했던 시간이 좋은 성과로 이어진 것 같아 보람찼다. 동료들의 코멘트를 하나하나 자세히 읽어보며 그들의 따뜻한 칭찬을 가슴 깊이 되새겼다. 상사뿐 아니라 매일 함께 일하는 동료들에게 인정받으니 몇 배로 뿌듯한 기분이었다.

개선점

"좋은 아이디어가 많은데도 불구하고 회의에서 조용한 편인 것 같다. 회의에서 좀 더 의견을 냈으면 좋겠다."

"비현실적인 요구 사항이 있을 때 야근을 해서라도 다 해내는 경향이 있는데, 이럴 때는 어느 정도 쳐내는 게 낫다."

개선점에는 의외의 의견들이 있었는데, 그중에도 무리해서 일하지 말라는 코멘트가 인상 깊었다. 한국 회사였다면 오히려 칭찬받았을 '예스맨'의 태도가 영국 회사에서는 개선할 점으로 꼽힌 것이다. 내가 무리해서 일을 하면 번아웃이 올까 걱정하는 동료도 있었고, 같이 일하는 팀원들에게 부담이 된다고 얘기한 동료도 있었다. 비현실적인 요구 사항이 있을 때는 차라리 솔직하게 얘기해 납기 일정을 조정하는 편이 낫다고 덧붙였다. 이걸 보며 영국에서는 '예스맨'의 태도가 무조건 좋은 건 아니라는 걸 깨달았다.

동료에게 피드백 잘 주는 법

360도 동료 평가가 진행될 때는 나 또한 여러 동료의 평가자가 된다. 좋은 평가자가 되기 위해서는 피드백을 잘 주는 스킬이 필요하다. 동료의 강점과 개선점 항목을 선정할 때는 이를 선택한 이유를 함께 적어주는 것이 좋다. 이때 추상적인 이유를 대기보다는 구체적인 예시를 들어 설명하는 것이 상대방에게 훨씬 유익하고 납득하기도 쉽다. 평가받는 입장에서는 사소한 코멘트도 민감하게 받아들이기 쉬운데, 피드백이 구체적일수록 이를 객관적으로 바라보기가 수월해진다.

흔한 피드백 패턴을 예제로 들어보겠다.

"너의 업무 패턴 때문에 다른 팀원들이 부담을 느낀다."

이런 식으로 상황과 행동에 대한 설명 없이 결과만 서술하는 평가자가 상당히 많다. 이처럼 피드백이 상세하지 않으면 어떤 일 때문에 그런 피드백을 받았는지 알 수 없으므로 혼자 이런저런 추측만 하게 된다. 이런 경우 정확한 이유를 모르니 개선 방안을 도출하기도 애매하다. 이런 피드백은 딱히 유익하지도 않고 자칫 기분만 상하게 할 수 있는 코멘트다.

이럴 때 SBISituation-Behavior-Impact 피드백 모델을 활용하면 좀 더 체계적으로 피드백을 구성할 수 있다. 어떤 상황Situation에서 동료가 어떤 행동Behavior을 했고, 그게 팀에 어떤 영향Impact을 미쳤는지 상세하게 설명하는 기법이다. 내가 받은 피드백 중 정말 잘 썼다고 생각하는 코멘트 하나를 예제로 들어 보겠다.

"X라는 프로젝트에서 요구 사항이 늘어났을 때(Situation), 네가 이를 쳐내는 대신 무리해서 해냈기 때문에(Behavior) 다른 팀원들이 부담을 느꼈다(Impact)."

이렇게 구체적인 피드백을 받으면 이해하기도 쉽고, 이를 개선하는 데도 도움이 된다. '앞으로 비슷한 상황이 발생하면 이렇게 행동하면 안 되겠구나'라는 결론을 내릴 수 있게 된다. 모두 상황과 행동에 대한 서술이 있었기에 가능한 것이다. 또한 어떤 일로 인해 이런 피드백을 받았는지 납득이 되니 기분이 상할 여지도 없다. 나에 대한 개인적인 공격이 아닌, 그 상황과 행동에 대한 지적임을 인지할 수 있게 된다.

SBI 피드백 모델은 개선점뿐 아니라 강점을 서술할 때도 활용하는 것이 좋다. 상황 설명이 빠진 칭찬은 상대방의 기분은 좋게 할 수는 있겠으나 별다른 인사이트는 주지 못한다. 잘하고 있는 것에 대해 구체적으로 칭찬을 해줘야 읽는 사람이 자신의 강점을 정확히 파악할 수 있다. 또한 이런 긍정적인 피드백을 통해 이 동료가 앞으로도 계속 같은 방향으로 나아가도록 독려할 수 있다.

동료 평가 그 이후

동료 평가 이후에는 상사와 함께 평가 결과서를 분석하는데, 이를 어떻게 해석하고 반영할지는 본인의 선택이다. 강점을 더 강화하는 것에 집중할 수도 있고, 개선점을 향상하는 것에 집중할 수도 있다. 물론 개선점이 반드시 반영해야 하는 중요한 부분이라면 무시해서는 안 되지만, 동료의 피드백도 어디까지나 개인적인 의견이기 때문에 이를 무조건 따를 필요는 없다. 해당 피드백이 반영해야 하는 항목인지 아닌지는 상사의 조언을 참고해 스스로 판단하면 된다.

동료 평가의 가장 큰 장점은 내가 어디쯤 있는지 알 수 있다는 것이다. 내가 생각하는 나의 업무 성과와 동료들이 생각하는 나의 업무 성과가 다른 경우가 종종 있는데, 동료 평가 결과를 보면 나의 위치를 객관적으로 바라볼 수 있게 된다. 전혀 예상치 못한 부분에서 칭찬받을 수도, 지적을 받을 수도 있다. 이때 비판하는 의견이 있더라도 이는 결국 본인의 발전을 위한 피드백이기 때문에 부정적으로 받아들이지 않고 성장의 밑거름으로 삼는 것이 중요하다.

영국에선 승진도 손 들어야 시켜준다

한국에서는 입사한 지 딱 3년이 지나고 대리로 진급했다. 당시 다니던 회사의 진급 조건은 신입으로 입사해 만 3년이 되는 해에 회사에서 요구하는 자격증을 따면 모두 대리가 되는 시스템이었다. 업무 성과에 따라 승진이 결정되는 게 아니었으니 사실 승진보다는 호칭 변경이라고 부르는 게 더 정확했다. 그래서인지 내가 일을 잘해서 이뤄낸 성과라기보다는 이 회사에 3년을 성실히 다녀서 받은 개근상 같은 느낌이었다.

영국에는 개근상 같은 승진은 없다. 대부분의 영국 회사에서는 연차가 승진 조건에 포함되지 않기 때문이다. 그러니 연차가 부족하다고 해서 승진이 안 된다는 법도 없고, 연차가 찬다고 누가 알아서 승진시켜 주지도 않는다. 따라서 능력만 된다면 남들보다 훨씬 빠르게 승진할 수 있고, 반대로 능력이 뒤처지면 몇 년이 지나도 승진을 못 하고 제자리에 맴돌게 된다. 한국 기업에서도 이런 현상이 어느 정도 보이긴 하지만, 영국에서는 그 차이가 더 극명하게 나타난다.

영국에서 승진은 철저히 개인의 업무 성과와 자기 어필에 달려 있다. 여기서 중요한 건 좋은 성과를 내는 것뿐 아니라 이 사실을 대대적으로 알려야 승진이 가능하다는 것이다. 아무리 일을 잘해도 그걸 알아주는 사람이 없다면 승진이 어렵기 때문이다. 그래서 적극적으로 자기 어필을 하고 당당하게 승진을 요구해야 원하는 걸 얻어낼 수 있다. 여기선 직접 자기 밥그릇을 챙기지 않으면 아무도 먼저 밥을 떠먹여 주지 않는 게 현실이다.

상사에게 승진을 요구하자

한국에서는 연차가 차면 자연스럽게 승진 대상이 되었기

때문에 정확한 승진 시기를 알 수 있었는데, 영국에서는 연차가 승진을 보장해 주지 않으니 정해진 승진 시기가 없었다. 내가 목표로 하는 승진 시기가 있긴 했지만, 내 상사도 비슷하게 생각하고 있는지는 알 도리가 없었다. 이런 고민을 동료에게 털어놓자, 동료는 나더러 상사에게 직접 물어보고 승진을 요구해야 한다고 일러줬다.

"상사에게 직접 승진하고 싶다고 말해야 한다고?"

그렇다. 영국에선 승진도 손 들어야 시켜준다. 처음에는 이 개념이 너무 낯설고 부담스러웠다. 지금껏 겸손이 미덕이라고 배우고 자란 한국인에게 '나 잘했으니 승진시켜 주시오'라는 요구를 하라니. 생각만 해도 민망하고 불편했다. 하지만 이런 부정적인 감정을 걷어내고 객관적으로 바라보면, 상사에게 승진을 요구하는 것에는 몇 가지 좋은 점이 있다는 걸 깨달았다.

첫째, 내가 다음 직급으로 올라갈 의지가 있다는 걸 알릴 수 있다. 직급이 높아지면 그만큼 책임이 커지고, 때로는 업무도 달라진다. 예를 들어 개발자의 경우 직급이 높아질수록 코드를 쓰는 시간보다 남의 코드를 리뷰하는 시간이 늘어나게 된다. 그리고 자신이 쓴 코드뿐 아니라 리뷰한 코드에 대한 책임까지 짊어지게 된다. 이런 변화를 원치 않는 사람이라면 승진하기보다는 계속 현 직급에 머물기를 원할 수도 있다. 상사 입장에서도 이런 사람은 굳이 억지로 승진시킬 이유가 없다. 반면에 내가 이런 변화를 받아들일 준비가 되어 있는 사람이라면, 상사에게 그 사실을 알리고 승진 후보군에 들어가야 한다.

둘째, 상사의 피드백을 받을 수 있다. 당연한 얘기지만 승진 의지를 밝힌다고 다 승진되는 건 아니다. 상사가 봤을 때 진급 자격 조건에 부적합하다고 판단되면, "다음 직급으로 가기에는 이런 부분이 부족하니 이런 점을 더 개선해 보자"라는 피드백을 준다. 이런 피드백 없이 혼자 승진을 준비하는 것보다는, 상사의 의견을 듣고 다음 승진 심사까지 그 부분을 집중적으로 개선하는 것이 훨씬 효과적이다. 따라서 본인이 생각했을 때 완벽하게 승진할 준비가 되지 않았더라도, 미리 상사에게 피드백을 받아 개선점을 파악하면 더 빠르게 승진에 도달할 수 있다.

런던 사무실 풍경

셋째, 상사의 머릿속에 나를 각인시킬 수 있다. 상사도 사람이기 때문에 손 드는 사람을 더 먼저 떠올리기 마련이다. 대부분의 상사는 각종 업무로 바빠 개개인의 성과를 일일이 기억하지 못한다. 이런 상황에서 적극적으로 자기 성과를 어필하고 다음 직급으로 올라갈 의욕을 보이는 사람은 아무래도 승진 심사를 할 때 더 먼저 떠오를 수밖에 없다. '우는 아이 떡 하나 더 준다'는 말도 있지 않은가. 자기 밥그릇에 떡 하나라도 더 올리기 위해서는 우렁차게 울어야 한다.

승진 얘기는 언제 어떻게 해야 할까

이렇게 여러 장점이 있다는 걸 알지만, 초반에는 상사에게 승진 얘기를 꺼내는 것조차 어렵게 느껴졌다. 승진 얘기를 하려 마음먹고 상사에게 할 말을 미리 준비해 뒀다가도, 막상 그의 얼굴을 보니 입이 떨어지지 않아 승진의 '승' 자도 못 꺼내고 미팅에서 나온 적도 있다. 하지만 용기를 내 승진 의지를 밝히고 나니 상사의 반응은 생각보다 긍정적이었다. 내가 기술적인 면에서는 다음 직급으로 올라갈 준비가 된 것 같으니 리더십 스킬을 보여줄 수 있는 활동을 좀 더 하면 좋겠다고 했다. 이 피드백을 바탕으로 리더십 스킬을 발휘하기 위해 다음 프로젝트를 리드하겠다고 자진했고, 최선을 다해 프로젝트를 성공적으로 마무리시켰다. 그리고 이 성과를 인정받아 다음 승진 심사 사이클에 원하던 승진을 얻어낼 수 있었다.

그렇다면 승진 얘기는 언제 어떻게 해야 할까? 사실 이것도 딱히 정해진 룰은 없다. 상사와의 1:1 미팅에서 언제든 얘기할 수 있다. 많은 영국 기업에는 상사와 주기적으로 1:1 면담을 하는 문화가 자리 잡고 있는데, 특별한 일이 있어서 하는 면담이 아니라 매주 혹은 격주로 하는 정기적인 미팅이다. 원

온원One-on-one 혹은 원투원One-to-one이라 불리는 이 미팅은 필요에 따라 다양하게 활용 가능하다. 일상적인 대화부터 업무 관련 질문, 커리어 개발에 관한 조언 요청까지 현재 상황에 필요한 이야기를 나누면 된다. 승진을 희망하는 사람이라면 이 미팅을 통해 상사에게 자신의 승진 의지를 알릴 수 있다

승진 관련 대화를 하기에 가장 좋은 타이밍은 성과 평가 직후다. 앞장에 설명한 동료 평가와 같이, 일반적으로 평가 이후에는 상사와 함께 결과를 분석하며 커리어 개발에 관한 이야기를 나누게 된다. 이 대화를 자연스럽게 승진 얘기로 연결하면 되는데, 만약 평가 결과가 훌륭하다면 더할 나위 없이 좋다. 이 평가 결과를 기반으로 다음 직급으로 올라가고 싶다고 어필하면 된다. 반대로 평가에서 부족한 점을 지적받는다고 해도 승진 얘기를 꺼낼 수는 있다. "여기에 있는 부분을 개선하면 다음 직급으로 올라갈 수 있을까요?"라고 물으며 개선 의지와 승진에 대한 의욕을 보여주면 된다.

승진 의지를 알린 뒤에는 진척 상황에 대해 꾸준히 소통하는 것 또한 중요하다. 피드백 받은 부분을 개선하기 위해 어떤

활동을 하고 있는지 공유하고, 이러한 노력으로 인해 실제로 발전하고 있다는 구체적인 지표를 보여주자. 만약 지금 하고 있는 일이 사실상 개선으로 이어지지 않는다면, 어떤 활동을 해야 할지 추가로 피드백을 받는 것도 좋은 방법이다. 중요한 것은 승진 관련 대화는 한 번으로 끝이 아니라 지속적인 소통이 필요하다는 것이다. 여러 업무로 바쁜 상사가 내 승진을 먼저 나서서 신경 써주길 바라기보다는, 자신의 승진은 스스로 챙기는 주체적인 자세를 가져야 한다.

이처럼 영국에서의 승진은 한국에 비해 더 많은 노력이 필요하다. 직접 승진을 요구하는 것부터 자신의 성과를 증명하는 것, 그리고 지속적으로 진척 상황을 공유하는 것까지 할 일이 참 많다. 하지만 그만큼 승진을 얻어냈을 때의 뿌듯함도 몇 배로 컸다. 외국인 신분으로 취업만을 목표로 달렸던 내가 어느새 영국 회사에서 승진을 할 만큼 인정받고 있다니. 이때의 성취감은 이루 말할 수 없었다. 한국에서는 느껴보지 못한 정도의 성취감이었다. 아마도 이 성취감을 잊지 못해 지금까지도 계속 더 높은 목표를 세우고 새로운 도전을 하고 있는 것 같다.

인터뷰

영국 스태프 엔지니어가 알려주는 커리어 관리 꿀팁

한국과 기업 문화가 다른 영국 직장에서는 커리어 관리 또한 다르게 접근해야 한다. 한국에서는 가장 일찍 출근하고 가장 늦게 퇴근하는 근면 성실한 태도로 점수를 딸 수 있을지 몰라도, 영국에서는 얼마나 많은 시간 일을 했는지보다는 얼마만큼의 성과를 내고 그것을 얼마나 잘 보여주는지가 중요하다. 이러한 기업 문화 차이 때문에 영국에서 커리어 관리를 어려워하는 한국인이 많다. 〈런던에 사는 당신의 사정〉 팟캐스트 22화에서는 10년 차 개발자 류현우 님을 모시고 영국 직장 생활에서 유용한 커리어 관리 팁을 들어보았다.

뉴질랜드에서 개발자로서의 커리어를 시작한 류현우 님은

5년 전 영국으로 오게 되었다. 런던은 그가 개발자로서 한 번쯤 일하면서 살아보고 싶었던 도시 중 하나였다. 런던의 활발한 스타트업 문화, 탄탄한 개발자 커뮤니티, 그리고 이로 인해 생겨나는 무궁무진한 기회가 그를 이 도시로 이끌었다. 그리고 그는 이 기회를 십분 활용하여 런던에서 탄탄한 커리어를 이어 나가고 있다. 현재는 컴퓨터 비전 솔루션을 개발하는 영국 스타트업에서 스태프 엔지니어로 근무하고 있다.

최근에 현재 회사에서 승진한 류현우 님은 커리어 관리를 위해 '지속적인 소통'과 '꾸준한 기록'을 강조한다. 영국에서는 피드백을 굉장히 중요하게 여기는데, 상사와의 지속적인 소통은 이러한 피드백을 받을 수 있는 훌륭한 창구가 된다. 또한 자신의 성과를 효과적으로 어필하기 위해서는 구체적인 근거를 확보하는 게 큰 도움이 되기 때문에 꾸준한 기록을 통해 근거 자료를 쌓아나가는 것이 좋다. 10년 동안 꾸준히 커리어에 관해 고민하며 노하우를 쌓은 류현우 님의 조언은 많은 청취자에게 훌륭한 귀감이 되었다.

[류현우 님 인터뷰]

지현 최근에 승진을 하셨다고 들었는데, 축하드립니다! 기존에 어떤 직급에서 스태프 엔지니어로 승진을 하신 건가요?

현우 현 직장에 들어올 때는 시니어 엔지니어로 입사했는데요, 작년 성과 평가 이후 스태프 엔지니어로 진급을 했습니다.

지현 승진을 위해 따로 준비하신 게 있다면 어떤 게 있을까요?

현우 저는 현 직장 면접 단계에서부터 엔지니어들을 위한 커리어 프레임워크Career Framework[10]가 있는지 물어봤어요. 아직 공식적인 건 없다고 들어서 입사하자마자 엔지니어링 리더십 팀에서 이런 걸 만들어주면 좋을 것 같다는 의견을 냈어요. 이 프레임워크를 참고하면 팀에서 제 직급에 기대하는 게 뭔지 파악할 수 있고, 제가 그 수준에 부합하는지 돌아볼 수 있고, 또 다른 직급으로 올라가기 위해서는 어떤 부분에 초점을 맞춰야 할지 그런 기준이 생기잖아요. 그래서 이게 매니저와 승진에 대해서 얘기를 나눌 수 있는 기점이 되는 거죠.

10 커리어 프레임워크(Career Framework)는 각 직급이 어떤 업무를 처리할 수 있어야 하고, 어떤 스킬을 갖춰야 하며, 팀에 어떤 영향을 미쳐야 하는지 상세하게 적혀 있는 문서다. 회사에 커리어 프레임워크가 정의되어 있는 경우 이를 승진 관련 대화에 활용할 수 있다.

미연 그런데 사실 커리어 프레임워크가 없던 회사에서 이걸 만든다는 것 자체가 쉬운 일은 아니었을 것 같은데요.

현우 그래서 회사에서 이걸 중요하게 생각하는지를 면접 단계에서부터 가늠하려고 했던 것 같아요. 저는 커리어 프레임워크가 중요하다고 생각하고, 어느 정도 규모가 있는 회사에는 다 있어야 한다고 보거든요. 현 직장에서는 면접 때 "지금은 커리어 프레임워크가 없지만, 앞으로 작업을 할 계획이다"라고 안내 받았어요.

지현 그러면 그렇게 커리어 프레임워크가 만들어지고, 그 뒤에는 어떤 방식으로 승진에 대한 얘기를 하신 건가요?

현우 매니저와 지속적으로 성과에 관련된 얘기를 했어요. 매니저와 2주에 한 번 1:1 미팅을 할 때마다 제가 "이런 부분에서는 잘하고 있고, 다른 부분에서는 이런 걸 더 하면 좋지 않을까"라는 얘기를 했기 때문에 어떤 걸 하면 커리어 성장에 확실히 도움이 될 것 같다는 걸 인지를 하고 있었고, 그와 관련된 일을 할 기회를 만들려고 했어요. 그러다 꽤 큰 규모의 프로젝트를 이끌 기회가 생겼는데, 백지상태에서 시작해야 하는 프로젝트라 수락하는 과정 자체가 쉽지 않았어요. 그런데 고민 끝에 그 프로젝트를 맡기로 했고, 그걸 잘 끝내고 나니까 승진에 긍정적인 작용을 한 것 같아요.

지현 승진을 준비하는 과정에서 어려운 점은 없으셨나요?

현우 사실 이 승진에서 가장 크게 작용했던 프로젝트를 맡을지에 대해 꽤 고민했었어요. 워낙 중요한 프로젝트였는데 규모도 크고 불확실한 요소가 많아서 '내가 잘할 수 있을까'하는 두려움도 있었고요. 그래서 한 사나흘 정도 고민하다 보니, '이 일을 맡는 것에 대한 불편함이나 두려움이 역으로 생각해 보면 여기에 뛰어들어서 내가 얼마나 크게 성장할 수 있을지 알려주는 방증이 아닐까'라는 결론에 도달했어요. 그래서 결국에는 이 프로젝트를 맡기로 결정했고, 돌이켜 보면 이게 승진에 가장 크게 도움이 되었습니다.

미연 보람이 엄청 클 것 같아요.

현우 네, 굉장히 뿌듯했죠. 어떤 일을 맡는 것에 대해서 다른 외부적인 이유가 아닌 '내가 잘할 수 있을까' 하는 두려움과 불편함 때문에 주저하게 된다면, 그 불편함을 오히려 나침반 같이 사용하면 좋다는 교훈을 얻은 경험이었어요.

지현 좋은 말씀이네요! 그런데 사실 일도 일이지만, 영국에서 승진할 때 한국에 비해 자기 어필을 많이 해야 하는 것 때문에 이런 과정을 어려워하시는 분들이 많거든요. 이런 분들께 도움이 되는 말씀 한 마디 해주실 수 있다면 어떤 게 있을까요?

현우 자기가 잘한 게 있거나 뿌듯한 게 있으면 그걸 계속 기록을 해두면 좋은 것 같아요. '우쭈쭈 노트' 같은 개념인데요. 오히려 일을 열심히 하는 사람일수록 뭔가를 해내고 나면 바로 다음 일에 착수하니까, 시간이 지나서 성과 리뷰 때 지난 1년 간의 성과를 한꺼번에 적어보려고 하면 이것저것 되게 많이 하긴 한 거 같은데 구체적으로 뭘했는지가 기억이 안 나는 경우가 종종 있거든요.

그래서 좀 힘들더라도 캘린더에 하루 끝나기 전에 리마인더를 해놔도 좋고, 사소한 거라도 다 기록을 해서 리뷰 때 돌아볼 수 있으면 좋은 것 같아요. 그런 걸 해두면 좋은 게 꼭 승진이 아니더라도 이직할 때도 도움이 될 수 있는 건데, 이력서에 '내가 했다'라고 할 수 있는 구체적인 항목들이 많이 생기거든요. 기록이 없으면 사실 내가 한 일이 잘 기억이 안 나기 때문에 팀 단위의 성과는 '기여했다', '도와줬다'와 같은 워딩들을 쓰게 되잖아요. 그런데 기록이 있으면 '이 부분은 온전히 내가 했다'라고 구체적으로 말할 수 있는 포인트가 많이 생겨서 도움이 되는 것 같아요.

지현 기록을 통해서 구체적인 근거를 확보하는 게 중요하다는 말씀이네요.

현우 네, 그리고 이건 꼭 승진에 관련된 건 아닌데요. 항상 이직하거나 새로운 팀으로 가게 되면 가장 먼저 하는 게, '내가 가장 자주 하게 될 작업이 무엇인가'를 이해하고 그 작업을 더 효율적으로 하기 위해서 뭘 배우고, 연습해야 하는지 주의를 많이 기울이는 편이거든요. 내가 자주 해야 하고, 매일 해야 하는 작업에 너무 많은 생각을 쏟아야 하고 심혈을 기울여야 하면 커리어 성장에 신경 쓸 여력이 안 남는 것 같아요. 그래서 그런 것들은 큰 노력을 안 들이고 별 신경 안 써도 능숙하게 처리할 수 있도록 자주 하는 작업들에 대한 스킬을 습득하면 승진이나 커리어 성장에 관해 생각할 여유가 생기지 않을까 싶습니다.

지현 역시 스태프 엔지니어는 다르네요. 주옥같은 말씀 감사합니다!

〈런던에 사는 당신의 사정〉 22화
류현우 님 인터뷰 내용 중 일부 발췌 및 편집

✧

첫 위기에서 퇴사까지

입사 한 달 만에 해고된 상사

"회사 사정 상 세 명의 직원을 정리해고하게 되었습니다."

영국 스타트업에 입사해 즐거운 하루하루를 보내고 있던 어느 날, 충격적인 소식을 듣게 되었다. 전 직원이 모이는 회의에서 들은 동료들의 해고 소식이었다. 지난 분기의 성과가 예상보다 많이 저조했다는 게 공식적인 이유였다. 어두운 표정으로 정리해고의 대상이 된 직원들의 이름을 발표하는 CEO의 공지에 우리 팀 리더인 S의 이름이 나왔다. 믿을 수 없어 혹시 잘못 들은 건 아닐까 귀를 의심했지만, 나처럼 황당해하는 팀원들의 얼굴을 보니 제대로 들은 모양이었다.

팀원들이 좋아하는 상사,
그러나 회사는 반기지 않는 리더

정리해고를 당한 세 명의 직원 중 리더급은 S 뿐이었다. 그의 평소 업무 능력을 보면 정리해고를 당할 만큼 일을 못 한다거나 근무 태도가 나쁜 건 전혀 아니었기에, 이 소식이 큰 충격으로 다가올 수밖에 없었다. 그뿐만 아니라 그는 우리 팀의 리더인 동시에 이 회사의 CTO를 맡고 있는 중요한 사람이었는데, 이렇게 높은 직책을 갑자기 자른다는 게 너무 놀랍고 당황스러웠다.

S는 팀원 모두가 좋아하는 상사였다. 팀원들을 믿고 부족한 면이 있더라도 기회를 주는 팀장이었고, 단기적으로 성과를 낼 수 있는 편법보다는 장기적인 비전을 가지고 정공법을 고수하는 리더였다. 나 또한 S가 기회를 준 덕분에 짧은 시간 안에 많은 것을 배우며 성장했고, 앞으로도 그와 함께 일할 날들을 기대하고 있었다. 그런데 입사 한 달 만에 이렇게 허무하게 그가 해고를 당하다니, 청천벽력 같은 소식이 아닐 수 없었다.

하지만 빠르게 성과를 내야 하는 스타트업의 특성상 그의 리딩 스타일은 회사가 원하는 바와 맞지 않았다. 회사는 짧은 시간 안에 결과물을 보여줄 수 있는 리더를 원했다. 이 정도 규모의 스타트업은 한 분기의 실적이 다음 해의 생존 여부를 결정할 수도 있기 때문이다. 회사의 입장도 이해는 갔지만 안타까운 마음은 어쩔 수 없었다. 스타트업에서 S 같은 리더는 살아남을 수 없는 걸까. 팀원들이 하나같이 좋은 상사라고 말하는 사람과 회사의 사정이 나빠졌을 때 가장 먼저 내쳐지는 사람이 동일 인물이라니.

한국보다 쉬운 영국의 정리해고

한국에서 정리해고는 매우 드문 일이었다. 객관적인 데이터를 보더라도 우리나라는 다른 나라에 비해 해고를 규제하는 규정이 많고, 법적 해고비용[11]도 OECD 국가 중 2위[12]로 매우 높다. 이런 이유로 해고가 쉽지 않으니, 우리나라에서 정리해고가 있을 때는 회사 사정이 정말 심하게 어렵거나, 해고 당사

11 법적 해고비용은 해고 전 예고 비용과 해고 수당을 합산한 금액이다.
12 출처: 나라별 법적 해고비용을 비교한 중앙일보 기사
https://www.joongang.co.kr/article/23973288

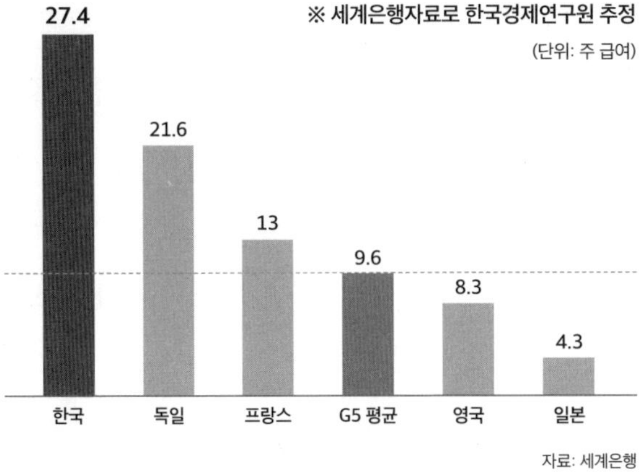

나라 별 법적 해고 비용 (출처: 중앙일보)

자의 업무 능력이 그만큼 뒤처지기 때문이라는 인식이 있다.

반면 영국의 법적 해고 비용은 한국의 3분의 1 수준이다. 금전적인 측면에서 한국보다 세 배로 쉽게 직원을 해고할 수 있다는 의미다. 또한 한국에 비해 해고에 관한 법적 규제도 훨씬 적다. 한국의 해고 유연성이 OECD 37개 국가 중 20위인 것에 반해 영국의 해고 유연성은 6위[13]로 상위권에 속했다. 따라서 회사가 원하는 만큼의 성과를 내지 못하는 직원에게 계속

13 출처: 한국의 해고유연성에 관한 동아일보 기사
https://www.donga.com/news/Economy/article/all/20210909/109167714/1

기회를 주며 끌고 가는 것보다는 “You are fired”를 외치는 편이 더 편하고 쉬울 것이다.

당시 우리 회사는 쉬운 방법을 택했다. 하지만 이 사실을 받아들이는 건 쉽지 않았다. 작은 스타트업이라 다들 친구처럼 친하게 지내며 일하는 분위기였는데 그런 동료들이 한순간에 내쳐지는 걸 보니 간담이 서늘했다. 특히 우리 팀의 리더를 해고하면서 팀원들에게 한 마디 귀띔조차 주지 않았다는 사실에 약간의 배신감마저 들었다. 이곳은 정말 피도 눈물도 없는 곳이구나. 영국에서 처음으로 목격한 냉정한 정리해고는 깊은 씁쓸함을 남겼다.

정리해고 이후의 후폭풍

정리해고에는 후폭풍이 따른다. 특히 이 경우와 같이 회사의 성과 부진이 해고의 이유라면 더 큰 영향을 미친다. 남은 직원들은 동료를 잃은 충격이 채 가시기도 전에 직업 안정성에 위협을 느낀다. ‘다음 분기에도 성과가 좋지 않으면 그때는 내가 해고될 수도 있겠구나’ 하는 불안함 때문에 일이 손에 잡히지 않는다. 이런 불안감 속에서 일하고 싶어 하는 사람은 아무도 없다. 직원들은 흔들리기 시작한다.

회사의 약점 또한 쉽게 드러난다. 스타트업은 직원들에게 회사의 무한한 성장 가능성을 내밀며 회사 가치를 어필한다. 그러나 한 분기 성적이 저조하다는 이유로 정리해고라는 마지막 카드까지 꺼내야 하는 상황이라면 회사의 사정이 그다지 좋지 않다는 건 누구나 쉽게 짐작할 수 있다. 이는 회사의 창창한 미래를 기대하던 직원들에게 큰 실망감을 안겨준다. 이 때문에 한 차례 정리해고 이후에 능력 있는 직원들이 다른 회사로 눈을 돌리고 퇴사하는 경우도 종종 있다. 따라서 아무리 해고 비용이 적게 든다고 해도 정리해고는 결코 쉽게 결정할 만한 일이 아니다.

정리해고의 대상이 팀장이었던 우리 팀은 전에 없던 위기에 봉착했다. 회사에서는 새로운 팀장을 뽑을지 말지도 아직 정해지지 않았다고 했다. 우리 팀원들은 앞으로 팀장 없이 어떻게 일을 해야 할지 걱정이 태산이었다. 한 팀원은 우리가 일을 더 많이 해서 성과를 낼 테니 S를 해고하지 말아 달라고 회사에 부탁까지 했다. 우리는 그만큼 간절했다. 하지만 냉정한 비즈니스 세계에서 이런 순진한 부탁이 먹힐 리 없었고, 결국 S는 우리 팀을 떠나게 되었다. 즐겁기만 하던 영국 직장 생활 중에 맞은 첫 위기였다.

리더가 팀원을 못 믿으면 생기는 일

전 팀장 S의 해고 소식 이후 한동안 혼란스러운 나날들이 이어졌다. 우리 팀은 선장이 없는 배처럼 갈피를 잡지 못하고 방황했다. 팀원들은 모두 경력이 고만고만하여 누구 하나 나서서 팀을 리드할 만한 사람이 없었고, 사실 정리해고 이후에 다들 사기가 떨어져 나서고 싶은 의욕도 없던 참이었다. 우리 팀의 목적지를 설정하고 한 방향으로 이끌어 주던 팀장이 없으니 배가 산으로 가는지 바다로 가는지 알 수 없었다. 계속 이렇게 일하는 건 무리라는 생각이 들었다.

그러다 결국 회사에서 새로운 팀장을 뽑았다. 전 팀장보다는 경력도 훨씬 적고 영국에서 일한 경험도 얼마 없는 동유럽 출신 팀장이었다. 아마도 회사 사정 때문에 S만큼 경력이 탄탄한 팀장을 뽑는 건 어려웠을 거라 짐작했다. 하지만 우리 팀은 새로 합류한 팀장 C에게 희망을 걸었다. 그녀에게 희망을 걸어야만 했던 상황이었다. 잘 따르던 상사가 해고된 건 너무나도 안타까운 일이었지만, 그렇다고 계속 좌절하고 있다가는 우리가 다음 해고 대상이 될 수도 있었기 때문이다. 지난 아픔을 털고 앞으로 나아가기 위해서는 그녀가 이 팀을 잘 이끌어 줄 좋은 리더이기를 바라야 했다.

하지만 안타깝게도 C는 우리가 바라던 좋은 리더는 아니었다. 그녀가 좋은 리더가 아니라는 단서는 단기간 안에 빠르게 드러나기 시작했다. 가장 먼저 두드러진 것은 그녀가 팀원들을 못 믿는다는 사실이었다. 우리가 신뢰를 무너뜨릴 만한 행동이라도 했으면 억울하지 않을 텐데, 그런 사건이 있을 틈도 없이 그녀의 불신은 시작되었다. 상호 간의 신뢰를 바탕으로 일하던 방식에 익숙하던 우리 팀에게 새 팀장의 불신은 큰 스트레스를 주었다. 그녀의 불신은 크게 두 가지 방식으로 표출되었다.

팀원을 마이크로 매니징한다

리더가 팀원을 못 믿어 사소한 것까지 일일이 지시하고 감시하는 것을 '마이크로 매니징Micro managing'이라 부른다. C는 모든 것을 본인이 원하는 대로 통제하려고 하는 전형적인 '마이크로 매니저Micro manager'였다. 팀원들이 주도권을 가지고 자유롭게 일할 수 있는 환경을 조성해 준 전 상사와 달리, 그녀는 하나부터 열까지 본인이 직접 지시하고 의사결정을 내려야 직성이 풀리는 팀장이었다.

그녀는 우리의 업무에 세세하게 간섭했다. 잦은 업무 보고를 원했고, 의사결정이 필요한 사항은 작은 것이라도 반드시 자신에게 물어볼 것을 요구했다. 그리고 우리의 의견이 본인의 마음에 들지 않으면 가차 없이 비판했다. 다양한 의견을 들어보고 더 좋은 솔루션을 낼 수도 있을 텐데, 무조건 자신의 입장이 맞다고 생각하는 C와는 토론이 거의 불가능했다. 사실상 그녀의 의견을 따르지 않으면 업무를 더 진행하기 어려운 상황이었기 때문에 우리는 그녀가 원하는 대로 할 수밖에 없었다. 그렇게 우리는 업무 주도권을 완전히 박탈당하게 되었다.

C는 업무 방식뿐 아니라 근무 시간까지 마이크로 매니징했다. 이전까지 우리 회사는 출퇴근 시간이 자유로운 편이라 일찍 출근해서 일찍 퇴근하는 팀원도 있었고, 조금 늦게 와서 더 늦게까지 일하고 가는 팀원도 있었다. 그러나 그녀가 매일 하는 회의를 아침 9시 반으로 잡은 뒤부터는 이 회의에 참석하기 위해 모두가 9시 반까지 회사에 도착해야 했다. 교묘하게 출근 시간의 자유를 빼앗은 것이다. 게다가 재택근무라도 하는 날에는 출근과 동시에 팀 메신저에 공지하고, 잠시만 쉬는 시간을 가져도 꼭 얘기하고 가라는 등의 지시를 하며 우리의 일거수일투족을 감시하려 했다.

마이크로 매니징은 리더와 실무자 모두에게 악영향을 끼친다. 리더는 작은 것까지 간섭하다가 불필요하게 자신의 업무량을 늘리게 되고, 실무자는 작은 것조차 스스로 결정할 수 없으므로 업무 사기가 저하된다. 또한 지시받는 업무만 처리하는 방식에 익숙해진 팀원은 추후에 주도권을 부여받는다고 해도 자신 있게 의사결정을 내리기가 어렵다. 직접 의사 결정을 내려본 경험이 없기 때문에 본인의 결정에 자신감을 갖지 못하고, 결국 다시 상사의 마이크로 매니징에 의존하게 되는

악순환이 반복된다.

성장할 기회를 주지 않는다

더 큰 문제는 성장할 기회를 주지 않는다는 데 있었다. 전 상사는 '좋은 개발자는 어떤 기술이든 빠르게 배울 수 있다'는 모토 하에 전문 분야가 아닌 업무도 다양하게 경험해 볼 수 있게 독려해 줬는데, C는 그런 기회를 전혀 주지 않는 팀장이었다. 그녀는 팀원들이 각자 익숙한 영역에서만 계속 일하도록 했고, 새로운 일을 배워보고 싶다고 얘기하면 '다음에'를 연발하며 끝내 기회를 주지 않았다. 이 또한 그녀가 팀원들의 업무 학습 능력을 믿지 못해서 발생한 문제였다.

성장이 상당히 중요했던 나에게는 이 문제가 가장 큰 스트레스를 줬다. 나는 입사하기 전 면접 단계부터 전 상사와 커리어 목표에 관해 많은 얘기를 나누며 새로운 영역에서 일해보고 싶다는 점을 거듭 강조했었다. 그는 나의 커리어 목표를 전적으로 지원해 주었고, 그의 지원으로 다양한 일을 배우며 성장할 수 있다는 점이 나의 업무 만족도를 높여 주었다. 그런데 팀장이 바뀜과 동시에 그간 쌓아 온 것들이 물거품이 되어 버

마음이 답답할 때면 바라보던 템즈강 해머스미스 브리지

리다니, 여간 실망스러운 일이 아니었다.

성장할 기회 없이 기계의 부품처럼 일하는 팀원들은 업무에 흥미를 잃는다. 단편적으로는 팀원들이 각자 익숙한 전문 영역에서 일하는 것이 최대의 성과를 내는 방법처럼 보일 수 있지만, 우리는 기계가 아닌 사람이기에 각자의 커리어 목표가 있고 일을 통해 성장하고자 하는 욕구가 있다. 이런 목표와 욕구를 충족시켜 주지 않는 직장에서 과연 최대의 성과를 낼 수 있을까? 절대 그렇지 않다. 우리 팀은 C의 이런 매니징 방식으로 인해 오히려 사기가 떨어져 성과가 저조해지는 역효과를 경험했다.

신뢰가 아닌 불신이 기본값인 리더

나는 그녀를 이해하려 노력했다. 이렇게 팀원들을 못 믿는 이유는 뭘까 고민해 보았다. 그녀가 보기에 우리 팀 성과가 미덥지 않아서? 아니면 넋 놓고 있다가 얼마 전 회사에서 해고된 전 팀장과 같은 처지가 될까 봐? 그것도 아니면 자신이 팀원들보다 훨씬 똑똑하다고 생각해서? 이유가 무엇이든 이 문제는 대화로 해결해야 한다고 판단했다. 한국이었으면 상사에게 이런 얘기를 하는 건 생각도 못 했겠지만, 영국 회사에선 피드백을 중요하게 여기기 때문에 대화를 시도해 보기로 했다.

"신뢰는 얻어내야 하는 거지, 그냥 주어지는 게 아니야."

돌아온 그녀의 대답은 예상 밖이었다. 그녀에게는 신뢰가 아닌 불신이 기본값이었던 것이다. 우리 팀원들이 못 믿을 만한 행동을 해서가 아니라, 믿을 만한 성과를 보여주기 전까지는 우리를 완벽히 신뢰하지 못한다는 게 그녀의 원칙이었다. 신뢰가 먼저인가, 신뢰를 얻는 것이 먼저인가. 이는 마치 '닭이 먼저인가, 달걀이 먼저인가'라는 질문처럼 정답이 없는 논제지만, 리더로서 어느 한쪽을 선택할 수는 있다. 그녀는 우리가 무언가를 증명하기 전까지는 팀원들을 불신하는 것을 선택했다.

이 선택 하나가 큰 차이를 만들었다. 팀원들을 전적으로 믿어주던 전 상사와 일했을 때, 우리는 각자 책임감을 갖고 시키지 않은 업무도 주도적으로 해나가던 팀이었다. 그와 달리 팀원들을 믿지 못해 모든 걸 지시하고 감시하는 C 밑에서는 하나라도 실수하면 그녀가 우리를 더 못 믿게 될까 두려워 시키는 일만 하는 꼭두각시가 되고 있었다. 리더가 팀원들을 믿어주면 그들도 자신감을 가지는 반면에, 리더가 팀원들을 불신하면 그들도 스스로를 믿지 못하기 때문이다.

모든 영국 상사가 S처럼 팀원들을 믿어주고 자유로운 업무 환경을 조성해 주는 건 아니라는 걸 깨달았다. 사실 당시 C는 영국에서 일한 경험도 얼마 없었던 동유럽 출신 팀장이었으니 '영국 상사'라고 부르기도 조금 애매하긴 했다. 다른 동유럽 출신 팀원들은 이런 마이크로 매니징 문화가 싫어서 영국으로 왔는데 여기서 이런 걸 또 겪게 되었다며 상당히 언짢아했다. 마치 한국인 상사가 꼰대 문화를 영국까지 그대로 가지고 와서 팀원들을 쓸데없이 야근시키려는 것과 비슷한 상황이었다.

그녀의 출신 국가 문화가 어떻든 이 상황을 대화로 해결할 수만 있었다면 큰 문제가 되지 않았을 것이다. 하지만 그녀는 우리가 어렵게 용기를 내 피드백을 줬음에도 불구하고 조금도 변하지 않았다. 여전히 자신의 방식이 옳다고 주장하며 개선할 의지조차 보이지 않았다. 그런 우리 팀의 리더를 보며 나는 이 팀의 암담한 미래를 직감했다. 그리고 계속되는 신뢰 구걸에 지칠 때쯤 퇴사를 고민하기 시작했다. 이 회사에서 맞은 두 번째 위기였다.

영국 팀원이 악덕 팀장에 맞서는 자세

새로운 팀장 C의 불신과 마이크로 매니징으로 우리 팀원들의 낯빛은 점점 어두워졌다. 전 상사가 갑자기 해고된 후 혼란스러운 마음을 진정시키기도 전에 팀의 사기를 확 꺾어버리는 팀장이 들어왔으니 그럴 만도 했다. 그런데 이것도 모자라 그녀는 더 큰 횡포를 부리기 시작했다. 피드백이라는 핑계로 몇몇 팀원들에게 비수에 꽂히는 말을 하며 그들의 자신감을 깎아내린 것이다. 들어보니 주로 경력이 낮은 주니어 팀원들이 이런 망언의 타깃이 되는 듯했다.

우리가 그녀를 악덕 팀장이라 부른 이유

"아무개 씨는 쉽게 대체할 수 있는 인력이야."

"당신은 다른 회사에서는 받아주지도 않을 실력이야."

그녀가 주니어 팀원들과의 1:1 면담 시간에 했던 말들이다. 영국 회사에 입사한 이후로 이런 인격모독 수준의 망언은 들어본 적이 없었기에 너무나도 충격적이었다. 정말 도움이 되는 피드백을 주는 게 목적이었다면 어떤 점이 부족하고 어떻게 개선하면 좋을지 전달해 주면 되는데, 이렇게 사람 자체를 폄하하는 말을 어떻게 피드백이라고 볼 수 있을까. 그녀가 별 대수롭지 않게 내뱉은 말들은 이들에게 큰 상처로 남았다. 이로 인해 자신감이 떨어진 팀원들은 매사에 더 위축된 모습을 보였고, 이는 그들의 업무 성과에까지 부정적인 영향을 미쳤다.

그뿐만 아니라 C는 자신이 채용한 직원과 기존 팀원들을 비교하는 발언도 일삼았다. 새로 입사한 직원은 기존 팀원들보다 경력이 훨씬 높고 객관적으로 봐도 배울 점이 많았기 때문에, 이런 점을 구체적으로 짚어주며 맥락에 맞게 얘기해 줬다면 우리에게 도움이 되었을 것이다. 하지만 그녀는 꼭 중요한 포인트는 쏙 빼놓고 불쾌한 요소만 가득 담은 비교 발언을 남발했다. “일은 ○○처럼 해야지.” 혹은 “아무개 씨는 왜 ○○처럼 못해?”와 같은 말을 들으면 뭘 어떻게 하라는지는 알 수 없고 그냥 감정만 상하고 만다. 이런 의미 없는 비교가 반복될수록 팀원들은 자신감을 잃었고, 새로 온 직원에 대한 괜한 적개심만 갖게 되었다.

악덕 팀장. 우리는 그녀를 이렇게 부르기로 했다. 말로 천 냥 빚을 갚는다는 속담과 반대로 그녀는 말로 만 냥 빚을 지는 타입이었다. 분명 팀장으로서 그녀의 목적이 우리의 기분을 나쁘게 하는 것은 아니었을 텐데, 그녀와의 대화는 늘 불쾌하게 마무리되곤 했다. 그리고 더 큰 문제는 말에서 드러나는 그녀의 태도였다. 우리를 무시하고, 불신하고, 자신감을 깎아내리는 그녀의 태도는 팀원들에게 큰 상처와 스트레스를 주었다. 이런 악덕 팀장의 만행에 넌덜머리가 날 때쯤 팀원들의 반란은 시작되었다.

중이 절을 바꾸려는 시도

"다 같이 인사팀에 얘기해 보면 어떨까?"

한 팀원이 조심스럽게 반란을 제안했다. 되도록이면 팀 내부에서 해결해야 할 문제라고 생각했지만, 우리가 자체적으로 할 수 있는 일은 이미 해본 뒤였다. 어렵게 용기를 내어 C에게 직접 피드백을 줬으나 그녀는 변할 의지조차 보이지 않았다. 나뿐 아니라 다른 팀원도 이미 대화를 시도해 봤지만, 별다른 수확이 없었다. 어쩔 수 없이 팀원들은 외부의 도움을 요청하는 방법으로 눈을 돌렸다. 아무리 우리의 말을 귓등으로 듣는 그녀라도 인사팀의 입을 통해 이런 얘기를 들으면 쉽게 흘려듣긴 어려우리라 생각했다.

처음 이 제안을 들었을 땐 이런 시도를 한다는 자체가 놀라웠다. 회사에서는 절이 싫으면 중이 떠나는 게 진리인 줄만 알았는데, 중이 절을 바꾸려고 한다니 이 얼마나 신선한 발상인가. '이런다고 뭐가 달라질까?' 하는 의구심이 앞섰지만, 어쩌면 변화의 가능성이 아예 없지는 않다는 생각이 들었다. 한국에 비해 수평적인 문화를 가진 영국 회사인 데다가 여러 방면으로 유동적인 스타트업이었기 때문이다. 무엇보다 이렇게까지 용기를 내서 변화를 시도하는 동료들을 보며 나도 힘을 보태야겠다고 결심했다. 그렇게 우리는 단체로 인사팀에 문제를 제기했다.

그렇게 인사팀과의 단체 회의가 잡혔다. 우리는 돌아가며 각자 겪은 일들과 이를 통해 느낀 점을 얘기했다. 한 동료는 마이크로 매니징에 관한 일화를, 다른 동료는 그녀의 망언에 관한 일화를 공유했다. "쉽게 대체할 수 있는 인력"이라는 말을 들은 동료는 자기 경험을 얘기하다가 애써 참던 눈물을 보였다. 그동안 혼자서 얼마나 힘들었을까 상상이 가서 나까지 울컥해 버리는 바람에 말을 잇기가 어려웠다. 각자 경험은 조금씩 달랐지만 우리는 모두 한 마음으로 이 회의에 임했다. 계속 이런 취급을 받으며 일할 순 없다는 마음. 이 회의는 지금의 상황을 개선하기 위해 우리가 할 수 있는 마지막 시도였다.

결국 절은 바뀌지 않았다

인사팀은 우리의 이야기를 취합해 C에게 전달했다. 그녀는 인사팀의 피드백을 들은 뒤 한동안은 달라진 모습을 보였다. 평소 같으면 비꼬며 한마디 했을 부분에서 말을 아끼기도 했고, 팀원들의 의견을 무시하고 본인의 입장만 고집하던 부분에서 의견을 약간씩 굽히기도 했다. 하지만 이 변화는 오래 가지 못했다. 그녀는 얼마 지나지 않아 다시 본성을 드러내며 '악덕 팀장'의 모습으로 돌아갔다. 아마도 우리의 피드백에 깊게 공감하지 못하고 그저 인사팀의 시선을 의식해 일시적으로 태도를 바꿨던 모양이다.

우리는 참다못해 또 한 번 인사팀에 도움을 요청했다. 그러나 회사는 계속 변하지 않는 그녀에게 별다른 조치를 취하지 않았다. 계속 조금 더 지켜보자는 답변만 돌아올 뿐이었다. 누가 봐도 문제가 있는 상황이었고 팀원들이 단체로 괴로움을 호소하는데도 그녀를 이토록 감싸고도는 회사의 태도가 의아했다. 전 상사를 그렇게 가차 없이 해고하던 회사와 같은 곳이 맞나 하는 의문도 들었다. 우리가 좋아하던 상사에게는 그렇게 냉정하던 회사가 우리를 힘들게 하는 상사에게는 왜 이렇게 많은 기회를 주는 걸까.

'회사에서는 이런 팀장을 원했던 거구나.'

곰곰이 생각해 보니 사실 그녀의 매니징 방식이 회사가 원하는 방향이었다는 결론에 도달했다. 그들에게는 수단과 방법을 가리지 않고 빠르게 결과를 보여줄 마이크로 매니저가 필요했고, 그들이 보기에 C는 그 역할을 잘 수행하는 팀장이었다. 그 과정에서 우리가 불행해졌다는 사실은 회사에 그리 중요하지 않았다. 인사팀이 우리의 얘기를 듣고도 모른 체한 이유는 바로 이것이었다.

'영국에서는 중이 절을 바꾸기도 한다'라는 해피엔딩을 적을 수 있다면 좋겠지만, 현실은 그렇지 않았다. '중이 절을 바꾸려 반란을 일으켰으나 결국 절은 바뀌지 않았다'는 지극히도 현실적인 결말이었다. 영국 회사라고 특별할 건 없었다. 절이 싫으면 중이 떠나야 하는 법. 결국 팀원 대다수가 퇴사하는 초유의 사태가 벌어졌다. 하지만 결말이 어쨌든 끝까지 상황을 개선하려 노력했던 우리의 시도에 후회는 없다. 이 과정을 통해 이 회사는 내가 있을 곳이 아니라는 확신을 가질 수 있었다. 할 수 있는 최선을 다하고 떠난 자는 미련이 없다. 이 회사를 떠나는 나의 마음이 그랬다.

다시 퇴사할 용기를 내기까지

힘겨운 취업 준비의 끝에 두 회사에서 오퍼를 받았을 때, 두 군데 중 이곳에 입사하기로 결정한 이유는 '사람'이었다. 두 회사 모두 연봉과 업무는 비슷했지만, 이곳의 상사와 팀원들이 면접에서 더 좋은 인상을 주었기 때문이다. 하지만 아이러니하게도 이 회사를 떠나기로 결심한 이유도 '사람'이었다. 잘 따르던 전 상사의 갑작스러운 정리해고, 새로운 팀장의 마이크로 매니징과 망언, 그리고 그 팀장을 감싸고도는 회사의 태도까지. 이 모든 일을 몇 달 사이에 겪고 나니 내 몸과 마음은 지칠 대로 지쳐 퇴사를 고민하는 상황에까지 이르렀다.

퇴사를 망설인 이유

그럼에도 불구하고 퇴사와 이직을 쉽게 결정하지 못했던 이유가 있었다. 영국에 처음 왔을 때 취업 때문에 했던 고생을 또다시 반복하게 될까 봐. 끝이 보이지 않던 면접 공부, 도망치고 싶었던 장시간의 어려운 기술 면접, 그리고 그 이후 수많은 회사로부터 연달아 받았던 불합격 메일. 그때의 괴로운 기억은 시간이 흐른 뒤에도 쉽게 잊히지 않았고, 나의 무의식 속에 깊게 자리 잡아 이직에 대한 두려움을 만들어 냈다. 이 두려움은 생각보다 강력해서 회사 상황이 이만큼 악화하는 마당에도 퇴사를 망설이게 했다.

게다가 이 회사에 입사한 지 채 1년도 되지 않았던 시기여서 이직하기엔 다소 빈약한 근무 기간이었다. 회사에 다닌 지 1년도 안 돼서 퇴사한 걸 이력서에 적으면 '쉽게 관두는 사람'으로 비칠까 봐 걱정됐다. 그렇다고 회사에서 있었던 일을 구구절절 이력서에 적을 수는 없으니 여간 난감한 일이 아니었다. 이렇게 애매한 경력을 이력서에 넣을 바에는 조금 더 버텨서 1년이라도 채우고 나가는 게 나을지 고민됐다.

결정적으로 이 짧은 시간 안에 이직할 만한 실력을 체득했는지도 의문이었다. 그새 회사에서 다양한 일도 해보고 개인적으로도 조금씩 개발 공부를 하긴 했지만, 그렇다고 수월하게 이직할 만한 실력을 키우기에는 턱없이 부족한 시간이라

런던아이 부근 템즈강 야경

고 생각했다. 그렇게 구직에 어려움을 겪던 내가 몇 달 새에 발전해 봤자 얼마나 발전했겠냐는 의구심이 들었다. 내 안에서 점점 커져가던 의심의 목소리에 짓눌린 나는 결국 퇴사하고 싶은 마음을 꾹 눌러 담기로 했다. '아무래도 이직은 조금 더 준비된 뒤에 시도해 봐야겠다'라는 결론을 내리고 다시 답답한 일상으로 돌아갔다.

다시 퇴사할 용기를 내기까지

여러 이유로 계속 '퇴사는 나중에'를 고집하던 나에게 퇴사할 용기를 불어넣어 준 건 함께 개발 스터디를 하던 선배 개발자와의 대화였다. 런던에서 마음에 맞는 한인 개발자들끼리 스터디 그룹을 만들어 꾸준히 개발 공부를 이어 나가고 있었는데, 그간 열정적으로 스터디에 임했던 나를 지켜보던 선배는 충분히 이직할 준비가 된 것 같다며 나를 격려해 주었다. 그리고 마지막으로 나의 마음을 울리는 한 마디를 덧붙였다.

"너는 어딜 가도 잘할 거야. 그냥 하는 말이 아니라 진심으로."

이 한마디에 큰 위로를 받았다. 힘겨운 구직 기간 동안 수많은 거절을 당하면서 나조차도 내가 잘할 수 있다는 믿음을 잃어버렸고, 어렵게 취업한 회사에서는 자신감을 회복할 새도 없이 온갖 힘든 일들을 겪으며 퇴사를 고민하는 상황까지 가게 되었다. 그마저도 이직을 잘 해낼 자신이 없어 고민만 할 뿐 뭐 하나 시작하지 못하던 나에게, 단 한 명이라도 나를 믿어주는 사람이 있다는 사실이 큰 힘이 되었다. "잘할 거야"라는 말은 내가 스스로에게 해줘야 했으나 해주지 못했던 말이었다. 그 말을 대신해 준 선배 덕분에 나도 다시 나를 믿을 수 있었다.

사실 도전조차 하지 않을 이유는 없었다. 일단 해보고 안 되면 그때 미뤄도 늦지 않으니 말이다. 실력이 부족해서 떨어지면 그만큼 더 공부하면 되고, 근무 기간이 짧은 걸 문제 삼는다면 적당히 설명하면 된다. 그때와 달리 백수 신세는 아니니 면접에서 떨어진다고 해도 돈에 쪼들릴 일은 없고, 이직에 실패하면 그냥 지금 회사에 계속 다니면서 더 준비하면 된다. 한마디로 밑져야 본전인 상황이었다. 그런데도 왜 이직 시도조차 못하고 혼자 벌벌 떨고 있었을까.

이직을 망설였던 수많은 이유는 거절당할 용기가 없었던 내가 스스로 만들어 낸 허상이었다. 실력이 갖춰질 때까지 기다린다는 생각으로 아무것도 안 하고 가만히 있으면 언제 그 실력이 생기겠는가. 그보다는 직접 부딪혀 보고 그 경험을 통해 내 실력을 가늠해 보는 편이 훨씬 도움이 된다는 걸 그제야 비로소 깨달았다. 바닥으로 떨어져 있던 내 자신감을 되찾는 유일한 방법은 스스로 만들어 낸 허상을 거둬내고 다시 면접에 뛰어들어 보란 듯이 성공을 거머쥐는 것이었다. 그러기까지는 또 몇 차례 거절을 당할 테고, 그 거절은 상처에 소독약을 바르듯 쓰라리겠지만 그만큼 예쁜 새살이 돋게 할 것이다.

다시 거절당할 용기를 내기로 했다. 그리고 반년 만에 다시 이력서를 고쳐 쓰면서 재차 되새겼다. 면접에서 떨어진다고 내 인생이 실패하는 건 아니라는 걸 잊지 말자고. 인생은 몇 장의 근사한 사진이 아니라 정해진 끝이 없는 다큐멘터리다. 정해진 끝이 없다는 건 계속 새로운 결말을 덮어씌우는 게 가능하다는 뜻이기도 하다. 내가 원하는 결말이 나올 때까지 계속 넘어지고, 아픈 상처에 소독약을 바르고, 다시 딛고 일어나 또 달려 나갈 것이라 다짐했다. 그게 내 자신감 회복을 위해 내가 할 수 있는 최선이었다.

1년 만에 이직 재도전, 과연 그 결과는?

이직하는 과정은 소개팅과 닮은 구석이 있다. 연애가 끝나고 다음 상대를 찾을 때, 보통 이전 연애에서 불만이었던 점과 반대 성향을 가진 사람을 바라곤 한다. 이직도 마찬가지다. 한 회사를 떠나기로 결심하고 다음 회사를 물색할 때, 이전 회사에서 아쉬웠던 것을 채워줄 환경을 원하기 마련이다. 내가 이직을 통해 얻고 싶었던 건 크게 세 가지였다. 신뢰를 바탕으로 일하는 팀, 개인의 배움과 성장을 존중하는 환경, 그리고 어느 정도의 연봉 인상. 모두 이 회사에서 부족하다고 느꼈던 것들이다. 나는 이 세 가지를 목표로 삼고 본격적으로 이직 시장에 뛰어들었다.

풀타임 직장인은 도대체 언제 면접을 볼까

백수 신세로 구직하는 과정이 멘탈 싸움이었다면, 회사에 다니면서 구직하는 과정은 시간 싸움이었다. 백수일 때는 시

면접을 보기 위해 자주 들렀던 회사 근처 카페

간은 많았으나 돈에 쪼들리며 생긴 조바심 때문에 마음의 여유가 없었고, 구직 기간 내내 '이래서 갈 곳을 찾고 나가야 하는구나'라는 깨달음을 뼈저리게 느꼈다. 하지만 막상 그 상황에 닥쳐 보니 갈 곳을 찾고 나가는 것도 생각보다 쉽지 않았다. 구직 플랫폼에 이력서를 올리자, 감사하게도 수많은 회사에서 연락이 왔는데, 문제는 면접을 볼 시간이 턱없이 부족했다는 것이다. 30분짜리 전화 면접이라도 보려면 근무 시간에 꽤 길게 자리를 비워야 했고, 하물며 1시간짜리 코딩 면접을 볼 때는 노트북까지 챙겨 나가야 했다. 회사에 "나 면접 봅니다" 하고 광고할 생각이 아니라면 아무 때나 면접 일정을 잡을 수는 없는 일이었다.

방법은 더 부지런히 움직여 없는 시간도 만들어 내는 것밖에는 없었다. 점심시간에 샌드위치로 간단히 끼니를 때우고 근처 조용한 카페에 가서 면접을 보거나, 평소보다 일찍 출근하고 일찍 퇴근한 후 면접을 보는 등 다양한 방법으로 면접 시간을 확보했다. 퇴근 후에는 다음 면접이 잡힌 회사에 대한 조사를 하고, 기술 면접에 대비하기 위한 공부를 했다. 하루 종일 일하고 짬나는 시간에 면접까지 보고 나니 집에서는 쉬고 싶은 마음이 굴뚝같았지만, 이직을 결심했던 이유를 생각하면 쉴 수 없었다. 조금이라도 더 만족스러운 회사로 이직하기 위해서는 이 순간 최선을 다해야 했다.

네다섯 시간짜리 최종 면접이 잡힌 날에는 반차를 쓰고 면접을 보러 갔다. 연차도 얼마 남지 않은 상황에서 소중한 휴가를 면접에 모두 쓰는 게 아까울 만도 했지만, 미래를 위한 투자라고 생각하고 총 다섯 개 회사의 최종 면접에 참석했다. 하루 통째로 휴가를 내고 오전에 한 회사로, 오후에 다른 회사로 면접 두 탕을 뛴 날도 있다. 계속 반차를 쓰면 혹시라도 회사에서 면접 보러 간 걸 눈치채지는 않을까 싶어 하루에 몰아넣은 것이다. 이날은 하루 종일 긴장된 상태로 면접을 보느라 집에 돌아오니 쓰러질 듯 피곤했다. 하루에 최종 면접을 두 개나 잡는 일은 두 번 다시 없을 거라 다짐할 만큼 힘든 하루였다. 하지만 이러한 고생은 머지않아 몇 배의 기쁨으로 돌아오게 되었다.

영국에서 1년 안에 이직왕이 된 비결

면접 결과는 예상보다 훨씬 좋았다. 구직을 시작한 지 3주

만에 최종 면접에 참석한 다섯 군데 회사 중 네 곳에서 오퍼를 받았다. 무려 80%의 합격률이었다. 심지어 네 번째 오퍼를 받았을 때 아직 면접을 진행 중이던 회사도 몇 군데 더 있었지만, 이미 합격한 회사들이 충분히 만족스러워서 구직을 중단했다. 믿을 수 없는 성과였다. 영국에서 처음 구직을 시작했을 땐 최종 면접까지 가는 것조차 어려웠고, 석 달이 지나서야 겨우 오퍼를 받았다. 그게 불과 10개월 전이었는데, 그 사이에 뭐가 달라졌기에 3주 만에 네 개의 오퍼를 받을 수 있었을까?

1. 영국 회사에서 쌓은 경력

영국에서 아예 경력이 없는 것과 짧은 경력 하나라도 있는 것은 채용 시장에서 꽤 큰 차이가 있다. 지원자의 입장에서는 모든 경력이 똑같이 중요하다고 생각할 수 있지만, 채용 담당자는 언어와 업무 문화가 다른 나라에서의 경력보다는 영국에서의 경력에 더 비중을 둔다. 이미 영국 회사에서 근무하고 있다는 사실이 어느 정도의 영어 실력과 업무 능력을 보증해 주기 때문에, 보다 쉽게 지원자의 역량을 신뢰할 수 있다. 실제로 영국 회사에서 짧게나마 경력이 쌓이고 나니 전에 비해 채용 담당자의 연락이 훨씬 더 늘어난 것을 체감했다.

2. 주도적으로 일한 경험

회사에서 프로젝트를 리드하거나 주도적으로 뭔가를 이뤄 낸 경험은 면접에서 얘기할 소중한 자산이 된다. 당시 작은 스타트업에서 일하다 보니 아무래도 대기업에 다닐 때보다는 주도적으로 일할 기회가 많이 주어졌다. 특히 자율성을 중요시하던 전 상사와 함께 일할 때는 큰 결정권을 가지고 한 프로젝트를 혼자 이끌기도 했다. 그때 당시에는 각종 어려움에 부딪히며 꽤 고생을 했지만, 이 경험은 다음에 여러 면접에서 빛을 발했다. 경력이 높아질수록 인성 면접에서 리더십 관련 질문을 더 많이 받게 되는데, 그런 질문에 자신 있게 답할 수 있는 경험치가 쌓인 것이다. 이런 경험은 면접뿐 아니라 실제 업무에서도 많은 도움이 되니 회사에서 무언가를 선도할 수 있는 기회가 있다면 반드시 시도해 볼 것을 추천한다.

3. 개인적으로 꾸준히 이어온 공부

무엇보다도 꾸준히 개발 공부를 했던 게 가장 큰 도움이 되었다. 연초에 수많은 면접에서 탈락하며 받았던 충격은 자기계발의 강력한 동기부여가 되었고, 부족한 실력을 메꾸기 위해 회사 업무 시간 외에도 개인적으로 개발 공부를 꾸준히 이

어왔다. 개발 관련 책을 읽고, 온라인 강의를 듣고, 다른 개발자들과 함께 그룹 스터디를 하며 조금씩 실력을 쌓았다. 이렇게 배운 것들을 회사 업무에 활용해 보고, 그게 좋은 성과로 이어지는 경험까지 하니 본격적으로 공부에 재미가 붙었다. 그 결과 한국에서 3년이 넘는 기간 동안 공부한 양보다 영국에서 1년도 안 되는 기간 동안 공부한 양이 훨씬 많아졌다. 이런 지속적인 공부는 단단한 실력으로 쌓여 자연스럽게 기술 면접에서도 좋은 결과를 가져왔다.

이직을 통해 얻은 것 중 가장 중요한 한 가지

고단했던 면접 대란의 끝에 오퍼 네 개를 손에 쥔 기분은 이루 말할 수 없이 기뻤다. 연초에는 그렇게 어려워 보이던 기술 면접에서 이만큼 좋은 성과를 내다니 스스로도 믿기 어려웠다. 거절이 두려워 이직 시도조차 망설였던 지난 몇 달이 머릿속에 스쳐 지나갔다. 사실 한 번의 시도로 이직에 성공할 자신이 없어서, 이번에 오퍼를 못 받아도 너무 상심하지 말고 다음에 다시 도전하려고 마음의 준비를 단단히 하고 있던 참이었다. 그런데 이게 웬 기분 좋은 반전인가. 정말 노력하면 못 할 게 없다는 생각이 들었다.

돌아보니 이직을 통해 내가 얻은 건 애초에 목표했던 세 가지뿐이 아니었다. 보다 안정된 팀, 배움의 기회, 그리고 연봉 인상까지 모두 나에게 무척이나 중요한 것들이었지만, 그보다 더 큰 수확은 면접 트라우마를 극복하고 바닥으로 떨어져 있던 자신감을 되찾은 것이었다. 어렵게 퇴사할 용기를 내고, 두려웠던 면접에 다시 도전하고, 그 끝에 생각지도 못했던 좋은 성과를 거두는 과정에서 한 뼘 더 성장한 나를 발견했다. 그 경험 덕분에 그동안 나를 괴롭히던 자기 회의감을 내려놓을 수 있게 된 것이, 내가 이직을 통해 얻은 가장 값진 성과였다.

퇴사 이유를 캐묻는 영국 회사

"이번 달을 마지막으로 퇴사할 예정입니다."

조금의 망설임도 없이 상사에게 퇴사 의사를 밝혔다. 그동안 그녀와 갈등이 있을 때마다 수없이 상상해 온 순간이었다. 다른 회사에서 만족스러운 오퍼도 받은 마당에 더 이상 이 회사에 남을 이유가 없었다. 회사에 조금이라도 미련이 남아 있었다면 이런 말을 꺼내는 게 어렵게 느껴졌겠지만, 퇴사를 결성하기 전 내가 할 수 있는 긴 다 해봤기에 미련 따위는 없었다. 오히려 막힌 속이 뻥 뚫리듯 후련했다. 나는 그렇게 영국에서 어렵게 취업한 첫 회사에서 1년도 지나지 않아 퇴사하게 되었다.

회사의 개선점을 찾기 위한 퇴사자 인터뷰

퇴사 의사를 밝히자, 퇴사자 인터뷰Exit Interview라는 이름의 회의가 잡혔다. Exit Interview는 직역하면 '퇴장 인터뷰'라는 뜻으로, 말 그대로 나가는 이유를 묻는 미팅이다. 입사 전 면접에서 "이 회사에 지원한 이유가 무엇인가요?"라는 질문을 하듯, 퇴사 전에 "이 회사를 나가는 이유가 무엇인가요?" 를 묻는 것이다. 답해야 하는 입장에서는 나가는 마당에 왜 불편하게 회의까지 잡아 이유를 묻느냐고 불평할 수도 있지만, 퇴사자 인터뷰는 많은 인사팀에서 직원들과의 대화 중 가장 중요한 대화로 꼽을 정도로 회사에 의미 있는 회의다.

퇴사자 인터뷰의 궁극적인 목적은 회사의 개선점을 찾는 것이다. 한 직원이 어떠한 문제로 인해 나가기로 결심했을 때는 다른 직원들도 비슷한 불만을 품고 있을 확률이 높다. 이미 퇴사하기로 결정한 직원의 마음을 바꾸긴 어렵겠지만, 남은 직원들이 같은 이유로 나가지 않도록 방지할 수는 있다. 이를 위해 가장 직관적인 방법은 퇴사자의 피드백을 수렴해 문제를 개선하는 것이다. 퇴사 이유가 단기간에 개선하기 어려운 부분일 수도 있으나, 그런 경우에도 어떤 문제가 있다는 것 자체를 파악해 두면 언제든 도움이 되기 마련이다.

퇴사자 인터뷰에서 자주 나오는 질문은 아래와 같다.

- 회사를 나가는 근본적인 이유는 무엇인가요?
- 여기에서 일하면서 어떤 점이 가장 힘들었나요?
  어떤 점이 좋았나요?
- 직속 상사로부터 충분한 지원을 받았다고 생각하나요?
- 회사가 개선해야 할 부분은 무엇인가요?

한국의 퇴사 면담과 영국의 퇴사자 인터뷰의 차이

한국에서 퇴사할 때 잡혔던 회의는 팀장님과 간단한 면담이 전부였다. 그마저도 그냥 커피 한잔하며 비공식적으로 퇴사 이유를 묻는 자리였으므로 회의라고 부르긴 어려웠다. 상무님과의 면담도 예정되어 있었으나 그분의 다른 일성으로 인해 취소되었다. 일정이 비는 시간으로 옮겨도 될 텐데 아예 취소한 걸 보면 꼭 필요한 면담은 아닌 것이라 이해했다. 실제 면담을 한 퇴사자들도 그냥 형식적인 미팅이었다고 하니 회사에서 그렇게 중요하게 여기는 자리는 아니었던 듯하다.

사실 상무님이 나에게 왜 퇴사하냐고 물었다면 솔직하게 답하기도 어려웠을 것이다. 퇴사가 아니면 1:1로 얘기할 일도 없는 분이 갑자기 면담을 하자고 하는 상황에 사실대로 회사의 문제점을 지적할 수 있는 사람이 몇 명이나 될까 싶다. 이런 면담에서는 근본적인 퇴사 이유보다는 상무님이 듣기 좋게 잘 포장된 이유를 말하는 게 암묵적인 예의처럼 느껴졌다. 수직적인 조직 문화에서는 높은 직함이 주는 무게감이 크기 때문에 이런 상황에서 솔직해지기 어려울 수밖에 없다.

그렇다고 비교적 수평적인 조직 문화를 가진 영국 회사에서는 퇴사 이유를 사실대로 얘기하는 게 쉬웠냐고 묻는다면 그건 절대 아니었다. 인사팀과 이런 대화를 나눈다는 건 어떤 조직 문화에서건 당연히 불편한 일이다. 하지만 인사팀에서 인터뷰답게 미리 질문지를 꼼꼼히 준비해 오고, 내가 답하는 것도 일일이 기록하는 모습을 보니 제대로 답해야겠다는 생각이 들었다. 퇴사하면서 이렇게 자세한 인터뷰를 하게 될 줄은 몰랐는데, 아무래도 구체적인 질문을 받으니 자연스럽게 구체적인 답변을 하게 되었다.

Q 회사를 나가는 근본적인 이유는 무엇인가요?

A 제가 퇴사하는 가장 큰 이유는 이 회사에서 배움과 성장의 기회가 부족하다고 느꼈기 때문입니다. 입사하기 전 면접 단계에서부터 여러 분야에서 업무를 하고 싶다는 걸 강조했었는데, 전 팀장 S가 회사를 떠남과 동시에 이 약속이 흐지부지됐어요. 새로운 매니저 C는 저를 비롯한 다른 팀원들에게 이런 기회를 전혀 주지 않았고요. 이렇게 된 근본적인 원인은 매니저와 팀원들 사이에 신뢰가 쌓이지 않아서인 것 같아요. 그 점이 참 안타까워요. 앞으로는 신뢰를 바탕으로 일하는 팀에서 함께 성장하고 싶습니다.

Q 이 회사에서 일하면서 어떤 점이 가장 힘들었나요? 어떤 점이 좋았나요?

A 좋은 점부터 말씀드리자면 여기서 만난 팀원들입니다. 감사하게도 정말 좋은 팀원들을 만나서 빠르게 적응할 수 있었고, 동료 사이를 넘어 친구가 된 팀원들도 많아요. 그런데 S가 해고되는 과정에서 팀원들이 많이 혼란스러워했어요. 사실 회사가 해고 소식을 전달하는 방식도 실망스러웠어요. 미리 귀띔이라도 해주었으면 마음의 준비를 할 수 있었을 텐데 그런 것 하나 없이 갑자기 해고 소식을 들어서 너무 당황했습니다. 그리고 C가 팀장으로 합류하고 나서는 그녀의 마이크로 매니징과 커뮤니케이션 방식 때문에 저를 비롯한 많은 팀원이 힘들어했습니다. 지난번 미팅 때도 말씀드렸다시피 일부 팀원들에게는 인격모독 수준의 발언도 했었고요.

Q 회사가 개선해야 할 부분은 무엇인가요?

A 일단 팀원들의 의견에 좀 더 귀 기울여 주었으면 좋겠습니다. 저희 팀에 있는 문제를 인사팀과 공유하면서 몇 차례 도움을 요청했는데, 별다른 조치가 취해지지 않아 우리의 고충이 중요하게 여겨지지 않는다고 느꼈거든요. 그리고 직원들의 배움과 성장의 기회가 보장될 수 있도록 회사 차원에서 제도를 만들어 주면 좋을 것 같아요. 사내 멘토링 제도를 만들거나, 외부 교육비를 지원하는 방식으로 직원들의 배움을 장려하는 회사도 많은데 여기는 그런 게 없어서 아쉬웠습니다.

퇴사자 인터뷰에서 이렇게까지 솔직하게 답한 건, 내 피드백이 조금이라도 반영되어 남은 동료들에게 도움이 되길 바라는 마음 때문이었다. 함께 고생한 동료들을 두고 가장 먼저 떠나는 입장이 되어 마음이 편치만은 않았다. 대놓고 회사에 대한 불만을 얘기하는 게 상당히 불편하긴 했지만, 이게 회사와 남은 팀원들 모두에게 도움이 되는 일이라고 생각했다. 그래서 '나는 어차피 떠날 사람이니 잠깐 불편하고 말지'라는 심정으로 사실대로 털어놓았다.

인사팀에서는 어떠한 반응도 하지 않고 그냥 내 답변을 묵묵히 기록했다. 회사의 입장을 방어하지도 않고, 지금까지 일어난 일에 대해 변명을 늘어놓지도 않았다. 정말 객관적인 인터뷰 진행자의 입장으로 준비된 질문을 하고 내 답변을 있는 그대로 기록했다. 방어적인 반응을 보일 법도 한데, 이렇게 중립적인 태도로 인터뷰하는 걸 보고 꽤나 프로페셔널하다고 생각했다. 그래서 더 솔직하게 계속 얘기를 이어 나갈 수 있었다.

개개인의 성향과 기호가 다양한 만큼 모든 직원의 퇴사 이유 또한 조금씩 다를 것이다. 현실적으로 회사 입장에서 모두를 만족시키긴 어렵지만, 최소한 그들의 의견을 들어볼 필요는 있다고 생각한다. 퇴사자 인터뷰는 떠나는 직원들의 솔직한 피드백을 들을 수 있는 기회다. 여러 퇴사자가 공통으로 언급하는 퇴사 이유가 있다면 이는 분명 개선할 필요가 있는 문제다. 이 부분을 주의 깊게 들여다보고 개선하려는 노력을 하지 않는다면 남은 직원들마저 줄줄이 잃는 상황을 면치 못할 것이다. 회사에서 좋은 인재를 채용하기 위해 많은 시간과 공을 들이는 만큼, 그들을 유지하기 위한 노력도 소홀히 하지 않았으면 한다.

이렇게 축하받으며 퇴사하긴 처음이다

'퇴사'라는 단어를 들으면 어떤 느낌이 연상되는가? 한국 회사를 다니던 때를 떠올려 보면 퇴사에 관해 긍정적인 인식보다는 부정적인 인식이 컸다. 새로운 직원이 입사할 때는 팀 단체 회식을 잡아 격하게 환영해 주지만, 몇 년을 함께한 직원이 퇴사할 때는 조용히 쥐도 새도 모르게 떠나보내는 경우가 많았다. 송별회를 하더라도 친한 직원 몇 명끼리 소규모로 하는 게 보편적이었다. 아무래도 퇴사자로 인해 팀에 남아있는 다른 직원들이 동요될까 우려되어, 이렇게 퇴사에 대해 쉬쉬하는 게 아닐까 싶다.

조직에는 부정적일지 모르겠으나, 당사자에게 퇴사는 긍정적인 변화를 의미한다. 스스로 더 나은 미래를 위해 내린 선택이기 때문이다 (해고가 아닌 자발적 퇴사인 경우). 퇴사 이후에는 새로운 시작이 기다리고 있다. 그게 다른 직장이든, 아예 새로운 직업이든, 인생의 다음 챕터를 위한 휴식이든 새로운 시작은 충분히 축하할 만한 일이다. 더 나은 미래를 위해 회사를 떠나는 사람을 축하해 주지 않을 이유가 있을까? 영국에서 첫 회사를 떠났을 때, 이렇게 퇴사를 축하해 주는 문화를 처음으로 경험해 보았다.

떠나는 동료의 새로운 시작을 축하하는 Leaving-Do

영국에서는 퇴사자의 송별회를 보다 크게 하는 편이다. 물론 회사마다 다르겠지만, 내가 다니던 회사의 경우 누군가 퇴사를 하면 60명 남짓 되는 전 직원이 초대되는 송별 파티가 열렸다. 영국에서는 이를 Leaving-do라고 부르는데, 퇴사를 축하하고 새로운 시작을 응원해 주는 송별 파티다.

역시 송별회에 술이 빠질 수 없다. 당시 우리 회사에서는 퇴근 시간 이후 사무실 카페테리아에 모여 술을 마시며 대화를 나누거나, 참석 인원이 그리 많지 않은 경우에는 가까운 펍에 가기도 했다. 분위기가 무르익을 때쯤 사장님이 마이크를 잡고 떠나는 직원에 대해 덕담을 해주는 모습이나, 퇴사자에게 마지막으로 한마디 하라며 마이크를 떠미는 모습은 여느 한국의 회식과도 비슷한 풍경이었다 (사무실에 단체 회의용으로 구비해 놓은 마이크를 회식 때 종종 사용하곤 했다). 동료들은 퇴사자의 새로운 시작을 축하해 주고, 다음 회사에서도 잘할 거라며 훈훈한 인사말을 건넸다.

하지만 코로나 이후로 이 정도 규모의 송별 파티는 보기 어려워졌다. 한창 코로나가 기승을 부릴 때는 송별회를 아예 진행할 수 없었고, 그 이후로도 송별 파티를 생략하거나 소수의 인원만 초대해 작게 진행하는 경우가 많아졌다. 개인적으로는 이 점이 굉장히 아쉽다. 송별 파티를 통해 퇴사하기 전 함께 일했던 동료들과 제대로 인사를 하고 떠날 수 있어 좋았는

팀원들이 준비해준 퇴사 선물과 카드

데, 요즘은 누군가 퇴사해도 메신저에서 몇 마디 나누는 게 전부다. 이제 코로나의 여파가 한층 사그라든 만큼 다시 마음 놓고 크게 송별 파티를 할 수 있는 날이 오길 기대해 본다.

퇴사 선물과 롤링페이퍼 카드

송별 파티에서는 퇴사자에게 선물과 카드를 주는 문화가 있다. 팀원들이 사비를 조금씩 보태 간단한 선물을 준비하고, 롤링페이퍼 형식으로 각자의 메시지를 담은 카드를 전달한다. 새로운 시작에 대한 축하와 앞날을 응원하는 의미의 표현이다. 우리 팀원들은 나의 퇴사 선물로 유럽 여행책을 준비해 주었다. 여행을 좋아해서 종종 동료들에게 유럽 여행지 추천을 받곤 했는데, 팀원들이 이걸 기억하고 유럽 여행책을 세 권이나 선물해 줬다. 그리고 책보다 더 큰 카드에 수십 명의 동료들이 적어 준 축하 메시지가 담겨 있었다. 카드 커버에 있는 "네가 없으면 예전 같지 않을 거야… 훨씬 나을 테니까!"라는 재치 있는 문구는 지금 봐도 나를 피식 웃게 한다. 누가 골랐는지 참 잘 골랐다.

이 글을 쓰기 위해 퇴사 카드에 적힌 메시지를 읽어 보니 이 회사에서 있었던 재미있는 에피소드가 새록새록 떠오른다. 그중 몇 가지를 선정해 보았다.

> Bruno Mars 노래를 너보다 더 잘 부르는 사람은 없어. 계속 너답게 지내!
> (Bruno Mars 노래 제목 〈Just the way you are〉 인용)
>
> — 동료 J

한 번은 누군가 사무실에 미니 노래방 기계를 가져와서 퇴근 후 사무실이 노래방으로 돌변한 적이 있었다. 노래방을 자주 접하지 못하는 영국인들은 남들 앞에서 노래 부르는 게 수줍었는지 생각보다 나서서 부르질 않았는데, 그와 달리 K-노래방에 익숙한 나는 동료들을 끌고 데려가 신나게 무대를 장악했다. 그중 한 곡이 동료 J와 함께 부른 Bruno Mars의 〈Just the way you are〉이었다. J는 그게 꽤 기억에 남았는지 퇴사 카드에까지 이 얘기를 적어줬다. 평소에 내가 이런 데서 잘 나서는 편은 아니라 다른 동료들도 나의 노래 부르는 모습을 보고 반전이라고 생각했던 것 같다. 어릴 때부터 20년 넘게 노래방 근육을 다져온 건 모르겠지?

> 새로운 직장에서 행운을 빌어. 넌 거기서도 분명 잘 할 거야. 좋은 스피닝 짝꿍이 되어줘서 고마워!
>
> — 동료 G

각종 운동을 섭렵하던 동료 G의 추천으로 나까지 다섯 명이 퇴근 후에 같이 스피닝 클래스에 간 적이 있었다. 다들 재미 삼아 갔다가 예상치 못한 격한 운동 강도에 압도당해 버렸다. 들어갈 때는 멀쩡하게 걸어 내려갔지만 나올 때는 벽을 짚으며 겨우 계단을 올라왔을 정도다. 심지어 나는 집에 가는 길에 다리가 풀려 창피하게 혼자 넘어지기까지 했다. 하지만 신나는 노래를 들으며 열심히 페달을 밟던 그 시간만큼은 모든 스트레스가 다 풀리는 기분이었고, 그 에너지가 근육통을 뛰어넘었다. 그날 이후 스피닝의 매력에 푹 빠진 나는 다리 힘을 되찾을 때쯤 G가 다니는 스피닝 클래스에 등록했고, 퇴사한 이후에도 3년째 꾸준히 다니고 있다. 나를 스피닝의 세계로 이끌어 줘서 고마워, G!

> 네가 잘 돼서 내가 얼마나 기쁜지 알지? 다음 직장에서 즐겁게 지내고 원하는 방향으로 성장할 기회도 꼭 얻길 바랄게!
>
> — 동료 D

회사에서 가장 친했던 동료 D의 진심 어린 메시지가 눈에 들어왔다. 그는 내 옆자리에서 일하며 우리 팀에서 있었던 모든 우여곡절을 함께 겪었던 동료다. 이 친구와는 처음 퇴사를 망설이던 때부터 함께 고민을 나누고 조언을 주고받으며 힘든 시기에 서로에게 든든한 지원군이 되었다. 내가 퇴사를 결심한 이유와 이직을 통해 얻고자 했던 것이 무엇인지 가장 잘 아는 친구였기에, 누구보다도 나의 이직을 진심으로 축하해 주었다. D도 나의 퇴사 후 몇 달 뒤 이직에 성공해서 새로운 직장에서 지금까지 만족하며 잘 다니고 있다.

퇴사 카드를 쭉 읽다 보니 이 회사에서 어려움도 있었지만, 즐거운 기억도 정말 많았다는 걸 상기하게 된다. 그리고 이런 소중한 추억을 만들어 준 동료들에게 진심으로 고맙다는 말을 전하고 싶다. 아는 사람 하나 없는 영국 땅에 혼자 와서 외롭게 취업 준비를 하던 내가 이 회사에서 들어와 이렇게 좋은 친구들을 많이 만나게 될 줄은 몰랐다. 다른 곳도 아닌 회사에서 이런 귀중한 인연을 만날 수 있었다는 건 다시 생각해도 천운인 것 같다.

함께 일했던 동료들에게 이렇게 과분한 축하를 받으며 떠날 수 있어 너무나도 감사했다. 그래서 나는 주변에 퇴사한다는 동료가 있으면 아쉽다는 말 대신 축하한다는 말을 건넨다. 물론 가까운 동료가 떠나는 건 아쉽지만, 그가 깊은 고민 끝에 본인의 미래를 위한 결정을 내렸다는 사실을 알기에 아쉬움은 잠시 접고 함께 기뻐해 준다. 모든 퇴사자가 걱정과 우려 대신 응원과 축하를 받으며 떠날 수 있으면 좋겠다. 누구에게나 퇴사는 축하받을 일이기에!

해외 직장 생활 관련 Q&A

해외 취업에서 면접에 통과하는 것은 일시적인 문제지만, 그 이후의 직장 생활은 끝이 없는 과제다. 워라밸, 연봉, 고용 안정성 등 해외 직장 생활에 관해 자주 받는 질문과 이에 대한 내 주관적인 답변을 적어보았다.

Q. 영국은 한국에 비해 워라밸이 얼마나 좋은 편인가요?

많은 분들이 해외 취업을 고민하는 가장 큰 이유로 연봉과 워라밸을 꼽으시더라고요. 평균적으로 영국은 한국에 비해 워라밸이 잘 지켜지는 편입니다. 업무 시간에는 집중해서 일하더라도, 업무 시간이 끝나면 다들 칼같이 퇴근해 자신의 삶을 즐기는 문화입니다. 가끔 예외적으로 야근을 해야 하는 경우도 있긴 하지만, 일반적으로는 업무 시간 이외에 추가 근무가 필요한 상황은 드문 편입니다. 그래서 주변 지인들 중에도 한국에서 야근에 시달리며 저녁 없는 삶을 살다가 영국에 오고 나서 저녁을 되찾았다며 감격스러워하는 분들이 많습니다.

한국에 비하면 영국이 워라밸이 좋은 편이지만, 유럽에는 영국보다 더 여유로운 근무 시간을 가진 국가도 많습니다. 예를 들어 스페인, 프랑스, 네덜란드, 덴마크는 영국보다 더 워라밸이 좋기로 알려져 있습니다. 해외 취업에 있어서 워라밸이 가장 중요한 요소라면 영국보다 더 나은 옵션도 많으니 관련 통계를 찾아서 이주할 국가를 정하시면 좋을 것 같아요. 하지만 연봉은 더 낮을 수 있다는 점 또한 고려해야겠죠.

Q. 영국에서의 연봉은 한국과 비교해서 어떤가요?

사실 연봉은 직군별, 경력별로 천차만별이기 때문에 일반화하기는 어려울 것 같습니다. 저의 경우를 예로 들면, 4년 차 개발자로 한국에서 영국으로 이직했을 당시 연봉 자체는 약 2배로 올려서 입사했습니다. 하지만 영국이 한국보다 세율이 높아서 실수령액만 따지면 1.7배 정도가 올랐습니다. (영국 연봉별 실수령액 계산 웹사이트: https://www.thesalarycalculator.co.uk/salary.php) 게다가 런던이 서울보다 월세 및 생활 물가가 비싸기 때문에 체감상 남는 금액은 그렇게 드라마틱하게 차이가 나진 않았습니다.

주변 지인 분들 중에는 영국으로 이직하면서 연봉을 그렇게 많이 올리지 못했는데 생활 물가는 확 높아져서 오히려 한국에서보다 더 남기는 소득이 적어진 경우도 있습니다. 그럴 거면 뭐 하러 해외 취업을 하냐고 물을 수도 있겠지만, 연봉보다는 경험 자체를 더 중요시하는 분들도 많습니다. 영국에서 글로벌 인재들과 함께 일하는 건 돈 주고도 살 수 없는 값진 경험이니까요.

또한 이 경험을 발판으로 영국 내에서 연봉을 더 높여 이직할 수 있습니다. 아무래도 영국 회사에서는 영국 내 경력을 선호하기 때문에 한국에서 갓 이주한 경우보다 영국 회사에서의 경력이 있는 경우가 연봉 협상에 더 유리한 편입니다. 저도 영국에서 경력이 쌓이고 이직을 몇 번 더 하면서 연봉을 차근차근 올리다 보니 지금은 한국에서의 소득에 비해 확연히 높아졌습니다. 결론적으로 영국에서의 소득은 커리어 관리를 어떻게 하는지에 따라 한국과 비슷할 수도, 훨씬 더 높을 수도 있다고 요약되겠습니다.

Q. 해외에서는 한국에 비해 해고가 쉽다고 들어서 고용 안정성이 걱정됩니다. 영국은 정리해고가 많은 편인가요?

한국에 비해서는 영국에서 정리해고가 훨씬 흔하게 일어나는 게 현실입니다. 「입사 한 달 만에 해고된 상사」에도 적었듯이 영국의 법적 해고 비용은 한국의 3분의 1 수준입니다. 그만큼 영국에서 해고가 더 쉽다는 의미이고, 체감상으로도 영국 회사에서 더 쉽게 정리해고를 결정하는 것으로 보입니다. 특히 코로나 및 러시아-우크라이나 전쟁을 겪으면서 전 세계적으로 경제위기가 장기화된 요즘은 더 많은 회사가 정리해고를 하고 있습니다.

외국인 신분으로 정리해고를 당하게 되면 비자 문제 때문에 상황이 더 복잡해질 수도 있습니다. 회사에서 Skilled Worker 비자 스폰서십을 지원받는 경우, 이 회사에서 해고를 당하면 더 이상 비자가 유효하지 않게 됩니다. 따라서 새로운 회사에서 비자를 지원받거나, 그렇지 못하면 해고 후 60일 이내에 영국을 떠나야 합니다. 하지만 대부분의 회사에서 퇴사 통보 기간notice period이 최소 한 달은 되기 때문에 이 기간까지 합치면 이직할 회사를 찾을 수 있는 기간이 3개월 이상이라고 보시면 됩니다. 하지만 물론 기간이 길든 짧든 해고된 마당에 시간의 압박까지 더해지는 게 쉽진 않죠.

개인적으로 정리해고를 직접 경험해보진 못했지만, 주변 지인들의 사례를 보면 3개월 안에 이직할 회사를 찾아 영국에 남은 경우도 봤고, 기간 안에 이직을 못 하거나 해고 경험 자체에 지쳐서 다시 한국으로 돌아가는 경우도 봤습니다. 아무래도 영국의 고용 안정성은 평균적으로 한국보다 낮은 게 현실이기 때문에 이런 것도 고려해 보시는 게 좋을 것 같습니다.

3장

영국 직장인의 소소한 일상

영국 직장인이 먹고 마시고 즐기는 법

행복한 고민, 오늘 점심시간엔 뭘 먹을까?

"영국 음식은 맛이 없다던데?"

내가 영국에 간다고 했을 때 영국 음식은 맛이 없다고 들었다며 밥걱정을 해주던 지인들이 많았다. 개인적으로 영국 음식이 맛없다는 의견에는 어느 정도 동의한다. 대부분의 영국 음식은 간을 세게 하지 않다 보니 한국인의 입맛에는 다소 심심하게 느껴질 수 있다. 그리고 튀긴 음식이 많아 살짝 느끼하기도 하다. 영국 음식 중 가장 잘 알려진 피시 앤 칩스Fish and Chips[1]와 잉글리시 브렉퍼스트English Breakfast[2]를 보면 알 수 있듯 영국인들은 뭐든 기름에 튀기는 걸 참 좋아하는 것 같다.

하지만 런던에서는 영국 음식 외에도 다양한 국가의 음식을 즐길 수 있다. 다문화적 도시답게 각종 유럽 국가의 음식, 중동 음식, 아시아 음식, 아프리카 음식까지 각양각색의 음식을 맛볼 수 있다. 한국 음식도 꽤 인기가 있어서 유명 영국 버거집에 '김치 버거'가 이달의 메뉴로 나오기도 하고, 런던 시내에 있는 한국식 핫도그 집은 길게 줄을 서야 먹을 수 있을 정도로 손님이 많다. 전형적인 한국인 입맛을 가진 나로서는 매우 반가운 현상이다.

런던에는 다양한 음식을 판매하는 마켓이 많은데, 한국의 시장과 비슷하다. 푸드 트럭이나 작은 점포가 늘어서 있는 마켓에서는 여러 나라의 음식을 간편하게 맛볼 수 있다. 회사 근처에 이런 마켓이 있다면 점심 메뉴 걱정은 없다. 지금 다니는 회사 근처에도 괜찮은 마켓이 있어서 점심시간이면 동료들과

1 피시 앤 칩스는 두꺼운 튀김옷을 입혀 튀긴 생선(주로 대구류)에 감자튀김을 곁들인 영국 요리다.

2 잉글리시 브렉퍼스트는 영국식 아침 식사 메뉴다. 주로 스크램블 에그 또는 계란 프라이, 소시지, 베이컨, 베이크드 빈즈, 버섯, 구운 토마토, 해시 브라운, 식빵으로 이루어진다.

대표 영국 음식 피시 앤 칩스와 잉글리시 브렉퍼스트

함께 마켓에 가곤 한다. 거기서 각자 원하는 메뉴를 시켜 테이크아웃하고, 사무실에 가져가서 함께 먹는다. 식당에 가서 먹는 것보다 음식이 빠르게 나오고 저렴하며, 여러 종류의 음식을 한곳에서 골라 주문할 수 있으니 다 같이 메뉴를 통일할 필요도 없다.

런더너들이 즐겨 먹는 음식 Top 3

여러 음식 중에서도 런더너Londoner[3]들이 특히 즐겨 먹는 메뉴가 몇 가지 있다. 영국 푸드 블로그 아티클[4]과 내 경험을 바탕으로 런더너들이 즐겨 먹는 음식 Top 3를 선정해 보았다. 영국에서 뭘 먹을지 고민 중이라면 이 리스트를 참고해 보자.

1. 그렉스Greggs

미국에 맥도날드가 있다면 영국에는 그렉스Greggs가 있다. 그렉스는 원래 빵집으로 시작했지만, 지금은 패스트푸드점으로 자리 잡은 영국 프랜차이즈 체인이다. 여전히 빵을 팔긴 하지

3 런더너(Londoner)는 런던에 사는 사람을 일컫는 말이다.
4 런던에 사는 사람들이 즐겨 먹는 메뉴를 분석한 아티클.
출처: https://www.willflyforfood.net/food-in-london

그렉스의 대표 메뉴 소시지 롤

만, 가장 인기 있는 메뉴는 바삭한 페이스트리에 소시지가 가득 찬 소시지 롤이다. 몇 년 전에는 비건식 소시지 롤을 출시해 비건 인구까지 사로잡았다. 저렴한 가격으로 간편하게 끼니를 채울 수 있어 인기를 얻고 있는 그렉스는 영국에서 맥도날드나 스타벅스보다 훨씬 흔하게 볼 수 있다.

2. 난도스Nando's

난도스는 남아프리카 공화국에 뿌리를 두고 있는 치킨 체인점이다. 페리페리 소스[5]를 곁들인 포르투갈식 그릴 치킨이 주력 메뉴인데, 1980년대에 포르투갈 출신 요리사가 남아공으로 건너가 이 메뉴를 판매하기 시작했다고 전해진다. 보통 그릴 치킨에 사이드 메뉴로 감자튀김이나 콩, 샐러드, 빵 등을 곁들여 먹는다. 살짝 매콤한 페리페리 소스는 한국인의 입맛에도 잘 맞아 영국을 방문하는 한국 관광객들에게도 인기가 많은 편이다. 검색창에 한글로 '영국 치킨 맛집'을 치면 난도스가 어김없이 등장할 정도로 잘 알려져 있다.

5 페리페리 소스는 아프리카 지역에서 나는 고추에 소금, 후추, 마늘, 식초, 레몬 등을 섞어 만든 소스로 매콤하면서도 시큼한 맛이 특징이다.

난도스의 대표 메뉴 그릴 치킨

다양한 종류의 인도 카레

3. 카레

카레는 영국인이 가장 좋아하는 음식 중 하나다. 1940~1950년대 많은 인도계 이민자들이 영국으로 이주하면서 인도식 음식점이 영국에 전파되기 시작했다. 이후 인도 음식은 영국에서 큰 인기를 얻었고, 그중에서도 카레는 특히 더 많은 사랑을 받았다. 영국의 인도 음식점에서는 다양한 스타일의 카레를 볼 수 있는데, 영국인에게 가장 인기 있는 메뉴는 티카 마살라Tikka Masala 카레다. 티카 마살라 카레는 영국에 이민한 인도계 요리사가 덜 매운 음식을 선호하는 영국인들의 입맛에 맞추어 개발한 메뉴라고 전해져 이 요리가 인도 음식이 아니라 영국 음식이라는 주장도 있다.

이 목록에서 보면 알 수 있듯 영국인들은 영국 음식뿐 아니라 다른 나라 음식도 일상적으로 즐겨 먹는다. 그래서 웬만한 영국 도시에서는 다양한 국가의 식당을 쉽게 찾을 수 있으며, 이만큼 선택지가 많으니, 영국에서 밥걱정할 필요는 없다.

영국 회사의 점심시간

그렇다면 점심시간의 모습은 어떨까. 한국에서 직장 생활을 할 때는 정해진 점심시간이 되면 사람들이 동시에 우르르 몰려 나가곤 했다. 점심을 먹으러 나가기 위해 엘리베이터 앞에 길게 줄을 서서 기다리는 사람들을 보며 생각했다. '5분만 더 일찍 나가면 줄을 안 서도 될 텐데 왜 다들 같은 시간에 나갈까?' 하지만 나도 어느새 그들과 함께 그 긴 줄의 끝에 서 있었다. 모두가 정시에 나가는데 나 혼자 일찍 일어나기가 눈치 보였고, 튀는 행동을 하는 것보다는 그저 남들 하는 대로 하는 게 마음 편했기 때문이다.

반면 영국 회사에서는 정해진 점심시간이 없고, 그냥 본인이 점심을 먹고 싶을 때가 점심시간이다. 대부분 사람이 12시에서 2시 사이에 점심을 먹기는 하지만, 그 외 시간에 밥을 먹으러 나가도 아무도 뭐라고 하지 않는다. 오전에 일이 많으면 점심을 조금 늦게 먹기도 하고, 오후에 중요한 미팅이 있으면 평소보다 일찍 먹기도 한다. 누가 언제 점심을 먹는지 지켜보는 사람은 아무도 없다.

점심을 먹는 방식도 모두 제각각이다. 한국에서는 주로 팀원들과 함께 점심을 먹었는데, 영국에서는 팀과 별개로 각자 알아서 먹는 사람들이 대부분이다. 도시락을 싸와서 자리에서 먹는 사람도 있고, 간단한 음식을 테이크아웃해서 회사 카페테리아에서 먹는 사람도 있고, 밖에서 외식을 하고 들어오는 사람도 있다. 타이밍이 맞으면 팀원들과 같이 점심을 먹기도 하지만, 매번 같이 먹는 걸 룰로 정해놓지는 않는다.

영국에서는 식사 메뉴도 점심시간의 모습도 한국과 다르지만, 점심시간을 기다리는 직장인의 마음만큼은 만국 공통인 것 같다. 바쁜 하루 일과의 중간에 맛있는 음식을 먹으면 남은 일과도 열심히 소화해 낼 에너지를 얻을 수 있지 않은가. 이 때문에 점심 식사 메뉴를 고르는 것도 직장인의 중요한 일과라고 생각하는데, 런던에는 워낙 다양한 음식이 많아 늘 행복한 고민에 빠지게 된다. 덕분에 지인들의 걱정과 달리 나는 런던에서도 한국에서만큼 아주 잘 먹고 있다.

영국 회식 문화에 관한 의문점 세 가지

영국인들은 한국인만큼이나, 혹은 그보다 더 술을 좋아하는 것 같다. 영국에는 카페 하나 찾기 어려운 한적한 동네라도 펍Pub[6]은 곳곳에 널려 있는 풍경이 흔하다. 호기심에 찾아보니 영국에는 펍이 카페의 두 배 정도로 많다고 한다. 그만큼 커피보다는 술 한 잔 하며 사람들과 대화하는 문화가 자리 잡고 있다. 영국의 펍에서는 다양한 종류의 맥주, 진Gin, 위스키Whiskey 등의 술을 주문할 수 있는데, 영국인이 가장 좋아하는 술은 맥주다.

6 펍은 술을 비롯한 여러 음료와 간단한 음식을 판매하는 대중적인 술집이다.

영국에서 처음 다닌 회사에서는 동료들과 종종 소규모 회식을 했다. 이 회사 동료들은 대부분 내 나이 또래의 젊은 직원들이었고, 일 외적으로도 친구처럼 편하게 지내는 동료들이 많았다. 나도 아는 사람 하나 없이 영국에 온 터라 동료들과 친해지고 싶었는데, 한국과 마찬가지로 영국에서도 사람들과 친해질 수 있는 가장 빠른 방법은 함께 술을 마시는 것이다. 평소에 술을 그리 좋아하는 편은 아니지만, 입사 초반에는 동료들과 어울리고자 술자리에 종종 따라가곤 했다. 이렇게 영국 동료들과 술을 마시며 관찰해 보니 이들의 회식 문화에 관한 의문점이 세 가지 생겼다.

1. 어떻게 회사에서 술을 마시지?

입사 첫 주에 꽤 놀랐던 광경이 떠오른다. 금요일 4시가 되자 한 동료가 맥주를 권하는 것이었다. 주변을 둘러보니 다른 동료들은 이미 맥주를 한 캔씩 들고 있었다. 스타트업 분위기가 자유롭다고는 들었지만, 회사 사무실에서 술판을 벌일 정도로 자유분방할 줄이야. 심지어 근무 시간도 아직 끝나지 않았는데 사무실에서 맥주를 마시고 있다니 이래도 되는 건가? 나도 얼떨결에 맥주를 받아 마시긴 했지만, 이들의 사무실 음주 문화에 놀라지 않을 수 없었다.

알고 보니 매주 금요일은 회사에서 술이 무료로 제공되는 날이었다. 보통 4시부터 각자 자리에서 맥주를 한 잔씩 마시다가, 6시가 되면 퇴근할 사람은 가고 더 마실 사람은 사무실 카페테리아에 모여서 원하는 만큼 마셨다. 금요일마다 자연스럽게 자발적으로 회식을 하는 셈이었다. 한국에서는 아무리 '자발적' 회식이라고 해도 참석에 대한 부담을 주는 경향이 있는데, 영국에서의 회식은 정말 말 그대로 남고 싶은 사람들만 남는 회식이었다. 누구도 술을 강요하거나, 술자리에서 빠진다고 눈치를 주진 않았기 때문에 전혀 부담되는 자리는 아니었다.

회식에 강제성이 없다 보니 영국인들은 이런 자리를 동료들과 공짜 술을 마실 수 있는 기회로 본다. 술을 좋아하지 않는 사람은 그냥 집에 가면 그만이고, 술자리에 가서도 무리하지 않고 마시고 싶은 만큼만 마시면 된다. 술자리에서만 하는 중요한 일 얘기가 있거나, 빠지는 사람이 업무적으로 불이익을 받는 경우는 없다. 오히려 술자리에서 일 얘기를 하면 좋은 시간을 망친다고 욕을 먹는 분위기다. 이 자리는 정말 순수하게 동료들과 공짜 술을 마시며 즐거운 시간을 보낼 수 있는 자리다.

2. 왜 밥을 먹기 전에 술부터 마실까?

나도 금요일에 몇 번 남아서 자발적 회식에 참석해 봤는데, 동료들과 재밌게 대화를 하며 한 잔씩 마시다 보니 늦을 때는 11시가 넘어 귀가한 적도 있다. 장점이라면 그때까지 술을 마셔도 모두 공짜라는 점이나, 의아하게도 술과 함께 음식이 제공되지는 않았다. 하지만 영국인들은 이에 개의치 않고 밥 없이도 술을 잘만 마셨다. 저녁 시간이 한참 지났는데도 공복에 술을 마시는 동료들을 보며 다음 의문점이 생겼다. 왜 밥을 먹기 전에 술부터 마실까? 공복 음주가 몸에 안 좋다는 사실을 모르는 걸까?

물론 모이는 장소가 식당이나 펍이라면 자연스럽게 술과 함께 음식을 주문하기는 한다. 하지만 사무실에서 술을 마시는 경우에는 밥이 필수는 아닌 듯하다. 짐작건대 맥주 한두 잔은 그냥 가벼운 음료로 생각하지만, 저녁까지 먹으면 조금 더 오래 남아야 하니 부담을 느껴서 그런 것 같다. 보통 가볍게 한두 잔 마시고 가는 사람들은 그냥 집에 가서 저녁을 먹고, 늦게까지 남는 사람들은 한참 술을 마시다가 배고파지면 음식을 찾기 시작한다. 회식 때 밥 없이 술을 마시다가 밤 10시가 되어서야 다 같이 카레를 먹으러 간 적도 있다. 한국인 같으면 저녁부터 먹고 시작할 텐데 10시까지 용케 밥 없이도 술을 마신 게 신기할 따름이다.

3. 왜 서서 술을 마실까?

친한 동료들과는 따로 모여 사무실이 아닌 펍에서 술을 마시기도 했는데, 영국의 펍은 내부 공간이 좁고 자리가 별로 없는 곳이 많다. 한국인이라면 자리가 있는 다른 펍을 찾아 나서겠지만, 영국인에게 앉을 자리가 없는 것은 문제가 되지 않는다. '앉을 데가 없으면 서서 마시면 되지 뭐?' 하는 마인드로 몇 시간이고 밖에 서서 술을 마시는 사람들을 흔히 볼 수 있다. 의자가 없는 스탠딩 테이블이 배치된 곳도 있고, 그런 것조차 없더라도 그냥 길거리에서 손에 맥주잔을 들고 마시기도 한다.

펍 앞에 서서 술을 마시는 영국인들

"날씨가 좋은 날에는 밖에서 서서 마시는 게 안에 앉아서 마시는 것보다 훨씬 좋잖아."

왜 밖에 서서 술을 마시는지 동료에게 물어봤더니 맑은 날씨를 즐기기 위해서란다. 흐리고 비 오는 날이 많은 영국에서 화창한 날씨는 아주 반가운 손님인데, 따뜻하고 해가 쨍쨍한 여름날이면 잔디밭에 사람들이 널브러져 있고 펍 주변도 유난히 북적인다. 이런 날에는 오랜만에 찾아온 맑은 날씨를 마음껏 즐기기 위해 다리가 조금 아프더라도 밖에 서서 마시는 걸 선호한다고 한다. 영국 날씨를 몇 해 겪어보니 이 마음도 이해가 간다.

이렇게 자유롭게 서서 마시는 분위기 때문인지 술값은 주문과 동시에 계산하는 곳이 많다. 밖에 있는 사람들에게 일일이 후불 계산을 받기는 어려우니 선불로 술값을 받는 것이다. 보통 각자 계산한 술을 가지고 나와서 서서 마시다가 본인의 술이 떨어지면 다시 바텐더에게 가서 주문하는데, 이렇게 마시다 보면 자연스러운 더치페이가 가능하다. 각자 마신 술은 각자 계산하면 되니까 술값을 낼 때 어색한 눈치 싸움을 할 일은 없다.

문화는 조금씩 다르지만 한국이나 영국이나 술은 친목의 수단으로 유용하게 쓰인다. 술을 어디서 어떻게 마시는지보다는 좋은 사람들과 즐거운 시간을 보낸다는 자체가 더 중요한 것 같다. 동료들과 함께 술을 마시며 가장 좋았던 건 그들과 한층 더 가까워질 수 있었다는 것이다. 평소에는 하지 않았을 질문을 하고, 일 외의 사적인 이야기를 나누고, 별것 아닌 일에도 함께 웃으며 그렇게 우리는 동료에서 친구가 되었다.

한해를 마무리하는 영국 크리스마스 파티

런던의 겨울 풍경을 한 번이라도 본 사람이라면 분명 그 아름다움에 반하고 말 것이다. 특히 크리스마스를 앞둔 12월의 런던은 정말 눈부시게 예쁘다. 크리스마스 느낌의 불빛 장식이 인상적인 옥스포드 스트리트Oxford Street, 아기자기한 마켓이 열리는 코벤트 가든Covent Garden, 겨울마다 하이드 파크Hyde Park에서 열리는 윈터 원더랜드Winter Wonderland 놀이공원까지. 크리스마

겨울의 런던 풍경

스 시즌의 런던 풍경은 몇 년을 봐도 질리지가 않는다.

반짝이는 12월의 런던 풍경에서 엿볼 수 있듯 크리스마스는 영국인들이 정말 좋아하는 시즌이다. 흥미롭게도 한국과 영국의 크리스마스는 조금 다르다. 한국의 크리스마스는 밖에서 로맨틱한 데이트를 즐기거나 친구들과 만나 함께 축하 파티를 하는 날이라는 인식이 있는 반면, 영국의 크리스마스는 가족들과 집에서 맛있는 요리를 해 먹으며 선물을 주고받는 날이다. 또한 연말인 만큼 한 해를 되돌아보고 가족 및 가까운 지인들에게 고마움을 나누는 시간이기도 하다.

회사에서도 크리스마스를 기념해 파티를 개최하는 경우가 많다. 직원들이 한 해를 마무리하며 즐거운 시간을 보낼 수 있는 환경을 조성해 이들의 만족도를 높이고 회사의 이미지를 강화하기 위해서다. 크리스마스 앞뒤로 일주일은 가족과 시간을 보내기 위해 휴가를 내는 직원들이 많기 때문에 보통 12월 초~중순에 미리 파티를 한다. 내가 경험한 영국 회사 크리스마스 파티의 형태는 두 가지가 있었다.

소소한 선물 교환 이벤트

영국에서 처음 다닌 스타트업에서는 사무실을 활용해 작은 파티를 열었다. 크리스마스 시즌이 되자 사무실에 트리와 각종 장식이 하나씩 생겨났다. 벽 곳곳에 달아둔 빨간색 리본과 금색 별 모양 장식, 그리고 반짝이는 알전구 조명은 크리스마스가 더욱 기다려지게 만들었다. 파티 당일에는 트리 아래에 선물이 잔뜩 쌓여 있었는데, 바로 우리만의 시크릿 산타Secret Santa 이벤트 때문이었다.

시크릿 산타는 영국인들이 크리스마스 시즌에 즐겨하는 선물 교환 행사로, 참가자가 무작위로 한 명의 이름을 뽑아 그 사람에게 익명으로 선물을 주는 이벤트다. 우리 회사에서는 진행 방식을 조금 바꿔 각자 선물을 사서 트리 아래에 두고 참가자들이 돌아가면서 무작위로 선물을 뽑아 가기로 했다. 예산은 10파운드(약 한화 16,000원)였고, 선물은 모두 포장되어 있었기 때문에 뭐가 들어있는지 알 수 없었다. 또한 선물을 사람들이 보지 않을 때 트리 아래에 몰래 두는 게 룰이어서, 누가 어떤 선물을 샀는지도 알 수 없었다. 이런 이유로 시크릿Secret이라는 이름이 붙은 건데, 이 비밀스러운 요소가 선물 교환의 설렘을 더해줬다.

기다리던 선물 교환 시간이 되었고, 한 명씩 선물을 고르기 시작했다. 포장지를 뜯자, 실용적인 것부터 재미있는 것까지 다양한 선물이 모습을 드러냈다. 내 차례가 돌아와 어떤 걸 고를지 둘러보았는데, 개중 눈에 띄게 큰 상자에 포장된 선물이 하나 있었다. 뭐가 들었는지 궁금해 그 상자를 집어 들었다. 포장을 뜯자, 상자 안에는 나의 시크릿 산타가 손수 만든 민스파이Mince Pie가 들어있었다. 민스파이는 영국인들이 크리스마스 때 즐겨 먹는 디저트로, 과일잼, 견과류, 초콜릿 등 다양한 속 재료를 넣어 만든 파이다. 처음 먹어봤는데 제법 맛있었다. 참고로 나는 동료들의 건강을 생각해 폼롤러를 선물로 샀으나, 이 친구가 준비한 선물에 비하면 정성이 부족했던 게 아닌가 싶다.

화려한 크리스마스 파티

영국에서 두 번째로 다닌 회사는 조금 더 규모가 있는 중견 기업이었는데, 이 회사에서는 넓은 레스토랑을 통째로 빌려 화려한 크리스마스 파티를 열었다. 파티 장소에 도착하자

런던 회사의 화려한 크리스마스 파티

슈트나 드레스를 차려입은 직원들이 와인잔을 들고 삼삼오오 모여 대화를 나누고 있었다. 평상시와는 조금 다르게 한껏 꾸미고 온 동료들을 보니 다들 근사해 보였다. 나도 와인잔을 한 잔 받아 들고 무리에 껴서 대화를 나누기 시작했다.

홀에는 웨이터가 돌아다니며 간단하게 먹을 수 있는 핑거 푸드를 서빙해 주었고, 바에서는 와인과 칵테일을 무제한으로 주문할 수 있었다. 레스토랑 한편에 있는 무대에는 노래를 크게 틀어주는 DJ가 있었고, 분위기가 무르익을 때쯤 작은 밴드가 와서 라이브 공연을 해주기도 했다. 흥이 오른 동료들은 노래에 맞춰 춤을 췄다. 영화 속 한 장면에 들어온 듯한 느낌이 들게 하는 호화스러운 파티였다.

아마 이 회사는 내가 이전에 다니던 회사보다 크리스마스 파티에 몇 배로 예산을 썼을 것이다. 굉장히 화려했고 색다른 경험을 할 수 있어 좋았지만, 이전 파티에서 느꼈던 소소한 즐거움은 찾을 수 없었다. 노래를 너무 크게 틀어놔서 동료들과 대화를 나누기도 어려웠고, 시크릿 산타 같은 선물 교환 이벤트도 없었다. 시끄러운 곳에서 계속 돌아다니며 잡담을 하는 게 영 적성에 맞지 않았다. 각종 고급 음식이 널려 있었지만, 왠지 모르게 나의 시크릿 산타가 만들어 준 수제 민스파이가 그리워지는 밤이었다.

영국 회사의 크리스마스 파티는 매년 직원들이 기대하는 이벤트이다. 소소한 선물 교환이든 럭셔리한 파티든 중요한 건 잠시 일에서 벗어나 직원들끼리 즐거운 시간을 보낼 수 있다는 것이다. 파티 분위기를 빌려 평소에는 별 교류가 없었던 동료들과 대화를 더 나눠보기도 하고, 팀원들과 일반적으로 잘 하지 않는 사적인 얘기를 하기도 했다. 이걸 기회로 동료들과 더 친해질 수 있어 좋았다. 영국에 크리스마스를 함께 보낼 가족은 없었지만, 회사에서 이런 훈훈한 이벤트를 해준 덕분에 따뜻한 연말을 보낼 수 있었다.

집에서 즐기는 친밀한 모임, 영국 홈파티 문화

"우리 집에서 홈파티를 하려고 하는데, 이날 시간 괜찮니?"

회사에서 한 동료가 자신의 집 파티에 나를 초대해 주었다. 연말을 맞아 친한 동료들끼리 모이는 자리를 만들었는데, 식당이 아닌 자신의 집에서 모임을 주최했다. 한국에서는 회사 동료를 집으로 초대하는 일은 극히 드물었기에 그녀의 제안이 조금은 신선하게 느껴졌다.

영국은 홈파티 문화가 상당히 발달된 나라다. 영국에서는 친구나 친한 동료를 집에 불러 모임을 즐기는 것을 흔하게 볼 수 있다. 물론 밖에서 외식을 하기도 하지만, 홈파티만의 매력은 집이라는 편안한 공간에서 직접 요리한 음식을 나눠 먹으며 지인들과 보다 친밀하게 교류할 수 있다는 것이다. 북적이는 식당에서 어렵게 자리를 예약할 필요 없이 그냥 집에서 만나면 되니 편리하고, 외식 비용이 비싼 영국에서 비교적 저렴한 비용으로 모임을 할 수 있는 방법이기도 하다.

한국에서는 사람들을 집에 초대할 때 주로 음식과 술이 중심이 되지만, 영국 홈파티의 형태는 보다 다양하다. 한국에서처럼 저녁 식사를 함께하기도 하지만, 그 외에도 간단한 스낵을 곁들여 차를 마시는 애프터눈 티Afternoon Tea 파티, 게스트가 각자 준비한 음식을 가져와 나눠먹는 팟럭Potluck 파티, 음식보다는 카드 게임, 보드게임, 퀴즈 등의 엔터테인먼트가 중심이 되는 파티가 있다.

게스트가 각자 음식을 가져오는 팟럭 파티

내 동료가 개최한 파티는 팟럭 파티였다. 팟럭 파티에서는 게스트가 각자 조금씩 음식을 가져와 십시일반으로 파티 음식을 준비한다. 파티 호스트는 혼자 음식을 다 준비하지 않아도 되니 부담을 덜 수 있고, 게스트는 다양한 음식을 맛볼 수 있다. 또한 누가 어떤 음식을 가져올지 모른다는 요소가 파티의 재미를 더해주기도 하고, 각자 가져온 음식에 대해 소개하며 자연스럽게 대화가 이어진다는 장점도 있다.

여덟 명의 게스트가 각자 가져온 음식을 한데 모아 놓으니, 눈도 입도 즐거운 파티가 되었다. 처음 먹어보는 음식도 몇 가지 있었는데 독특하고 맛있었다. 나는 한국 음식 중 외국인 친구들이 좋아할 만한 게 뭐가 있을까 고민하다가 닭볶음탕을 만들어 가져갔다. 혹시 매워서 잘 못 먹진 않을까 걱정했는데 생각보다 동료들의 반응이 좋아 뿌듯했다. 다들 맛있다고 한

팟럭 파티에서 맛본 다양한 음식

마디씩 해주었고, 직접 요리해 보고 싶다며 레시피를 물어본 친구도 있었다. 이렇게 각자의 음식 문화를 공유할 수 있다는 게 팟럭 파티의 매력이다.

파트너와 함께 가는 플러스 원 파티

영국에서는 배우자나 연인, 혹은 친한 친구를 함께 데려가는 플러스 원Plus One 파티도 흔히 볼 수 있다. 친한 지인들뿐 아니라 그들의 파트너까지 함께 모이기 때문에 서로의 파트너에 대해 알아가는 재미가 있다. 이런 파티에서 인연을 맺기 시작해 원래 알던 지인보다 그의 파트너와 더 친해지는 경우도 종종 있다. 또한 새로운 사람들이 참석하는 만큼 대화의 폭이 넓어지고 분위기도 더 흥미로워질 수 있다.

나도 누군가의 플러스 원으로 이런 파티에 참석한 적이 있다. 친한 친구 A의 초대로 참석하게 되었는데, 파티에서 만난 다른 사람들은 대부분 배우자나 연인과 함께 왔다. 이 파티는 A의 직장 동료가 자기 집에서 개최한 파티였고, 덕분에 그녀의 동료들과 그들의 파트너까지 만나볼 수 있었다. 모두 모르는 사람들뿐이라 어색하지 않을까 하는 걱정과 달리 함께 맛있는 음식을 먹으며 간단한 게임을 즐기다 보니 자연스럽게 분위기가 무르익었다. 거기서 만난 한 친구(A의 전 직장 동료의 아내)는 말이 잘 통해 따로 전화번호를 주고받기도 했다. 나를 플러스 원으로 초대해 준 A 덕분에 새로운 사람도 많이 만나고 즐거운 대화를 나눴다.

파티에 초대되는 건 언제나 설레는 일이지만, 홈파티는 유난히 더 특별하게 느껴지는 것 같다. 늘 회사에서 일하는 모습만 보던 동료의 집에 초대되어 그의 취향이 묻어나는 생활공간을 구경하고, 친한 동료들과 그곳에서 편안하게 대화를 나누는 시간은 어떤 고급 레스토랑에서도 느낄 수 없는 친밀감을 준다. 아마 영국인들은 이런 매력 때문에 홈파티를 자주 여는 게 아닐까?

영국의 스몰 토크 문화 이해하기

영어로 하는 대화에서 가장 많이 사용하면서도 가장 의도를 이해하기 어려운 표현이 "How are you?"라는 질문이다. 직역하면 "어떻게 지내?"라는 뜻인데, 사실 정말 어떻게 지내는지 궁금해서 묻는다기보다는 그저 인사말로 쓰이는 경우가 많다. 형식만 질문일 뿐이지 사실 "안녕"과 같은 수준의 인사말이라고 볼 수 있다. 한국말에는 이와 상응하는 인사말이 없기 때문에, 이 질문에 어떻게 대답할지 모르는 한국인들은 교과서에 배운 대로 "I'm fine thank you, and you?"만 공식처럼 내뱉곤 한다.

이런 인사말의 차이에서 볼 수 있듯 영어권 국가의 대화 방식은 한국의 대화 방식과 몇 가지 차이점이 있다. 그중에서도 가장 두드러지는 차이점은 스몰 토크Small Talk 문화이다. 스몰 토크란 일상생활에서 가벼운 주제로 나누는 짧은 대화를 뜻한다. 주로 날씨, 취미, 스포츠 등 간단하고 가벼운 주제를 중심으로 대화를 나누며, 이러한 스몰 토크는 영어권 국가에서 네트워킹하는 데 중요한 역할을 한다.

개인적으로는 스몰 토크보다는 좀 더 깊은 대화를 선호하는 편이지만, 영국 회사에서는 동료나 고객과의 사회적인 관계를 유지하기 위해 스몰 토크가 꼭 필요하다고 느꼈다. 여기서는 일 얘기를 하려고 미팅을 잡더라도 예의상 스몰 토크를 통해 서로의 안부를 묻는 것이 일반적이다. 캐주얼한 대화로 어느 정도 친밀감을 형성한 뒤 일 얘기를 시작하면 보다 부드럽게 미팅을 진행할 수 있기 때문이다. 따라서 스몰 토크를 원활하게 하는 능력은 영국 직장인이 반드시 익혀야 할 중요한 기술 중 하나다.

영국 스몰 토크에서 자주 등장하는 주제 세 가지

같은 영어권 국가라도 잡담을 하는 주제는 나라마다 조금씩 다르다. 개인적인 경험을 바탕으로 영국에서 자주 쓰는 스몰 토크 주제 세 가지를 선정해 보았다.

날씨

비 오고 칙칙한 날씨로 유명한 영국에서 날씨는 스몰 토크에 빠질 수 없는 주제 중 하나다. 영국에 비가 자주 내린다는 것은 대부분의 사람들이 알고 있겠지만, 가을과 겨울에는 강한 바람까지 동반되는 날이 많다. 또한 하루에 사계절이 다 있다는 말이 있을 정도로 날씨가 변화무쌍하기 때문에 아무리 일기예보를 확인하고 외출을 해도 예측 불가한 날씨를 맞닥뜨리게 되는 경우가 많다. 이러한 이유로 영국인들은 스몰 토크에서 날씨에 대한 불평불만을 하거나, 반대로 날씨가 좋으면 따뜻한 햇살에 감탄하며 서로의 외출 계획을 공유하기도 한다.

축구

영국에서 가장 인기 있는 스포츠는 축구다. 역사적으로 영

영국 프리미어 리그 경기

국에서 축구는 깊은 뿌리를 가지고 있으며, 영국 프리미어리그는 세계적으로 가장 인기 있는 축구 리그 중 하나다. 그만큼 영국인들은 축구에 관심이 많기 때문에 축구는 스몰토크에서도 매우 인기 있는 주제다. 특히 월드컵이나 유로컵이 있는 시기에는 거의 축구 얘기만 할 정도다. 영국인의 축구 사랑이 어느 정도냐면, 2021년 유로컵에서 영국이 결승까지 진출했을 때 당시 내가 다니던 회사에서는 영국이 우승하게 되면 전 직원에게 휴일을 주겠다는 약속까지 했다. 이 때문에 한동안 유로컵은 모든 직원의 대화 주제가 되었고, 다 같이 휴일을 바라는 마음으로 영국의 우승을 기원했다. 아쉽게도 우승 타이틀을 이탈리아에게 넘겨주는 바람에 휴일도 물 건너갔지만, 동료들과 함께 영국 팀을 응원했던 시간은 재미있는 추억으로 남아있다.

여행

많은 영국 직장인은 해외여행을 즐겨한다. 연차도 많고 위치적으로도 유럽 여행 다니기가 굉장히 편리하기 때문에 1년에도 몇 번씩 해외여행을 다니는 사람이 많다. 그래서 여행은 영국 직장인의 스몰 토크에서 자주 등장하는 주제다. 스몰 토크를 통해 다가오는 여행 계획을 공유하고, 지난 여행지 중 좋았던 곳을 추천하고, 각자의 여행 팁을 주고받는다. 또한 다양한 국가 출신의 동료들이 모여 있는 팀에서는 현지인에게 알찬 정보를 얻을 수도 있다. 스페인 여행을 가기 전 스페인 출신 동료에게 로컬만 아는 맛집 추천을 받아 만족스럽게 먹고 온 적도 있고, 반대로 한국 여행을 간다는 동료에게 알짜배기 여행 루트를 추천해 준 적도 있다. 이렇게 서로 관심 있는 여행지에 관한 얘기를 하다 보면 자연스럽게 대화가 이어진다.

영국에서 피해야 할 대화 주제

이처럼 스몰 토크는 다양한 주제로 나눌 수 있지만, 꼭 피해야 할 주제도 있다. 문화 차이로 인해 한국에서는 얘기해도 괜찮은 주제가 영국에서는 부적절한 경우가 종종 있기 때문에, 이런 점은 잘 기억해 두고 피하는 게 좋다.

외모 지적

한국에서는 유난히 외모에 관한 코멘트를 많이 한다. 이는 직장에서도 예외는 아니다. 물론 칭찬할 때도 있지만, 외모 지적도 스스럼없이 하는 사람이 꽤 많다. "살이 좀 찐 것 같네",

"오늘은 유난히 다크서클이 내려왔다" 와 같은 외모 지적은 웬만한 한국 직장에서는 한 번쯤 들어봤을 만큼 흔한 코멘트지만 영국에서는 상당히 무례하게 여겨지는 말이다. 괜히 이런 말을 영국 직장에서 꺼냈다가는 모두의 따가운 눈초리를 받는 것은 물론이고, 상황에 따라 인사팀에 보고까지 될 수 있으니 각별히 유의하는 것이 좋다.

정치, 종교 및 개인적 신념

영국에는 여러 인종과 배경을 가진 사람들이 모여 사는 만큼 개인이 가진 성향과 신념 또한 다양하다. 정치적, 종교적 성향이나 개인적 신념에 관한 대화는 개개인에 따라 불편하게 받아들여질 수 있기 때문에 가능한 지양하는 것이 좋다. 특히 어느 쪽이 더 낫다는 편파적인 의견을 제시하는 것은 금물이다. 한국에서는 간혹 자신이 지지하는 정당이 더 우월하다고 믿으며 후배들에게 설교를 늘어놓는 상사를 보기도 했는데, 이런 일은 영국에서는 절대 있을 수 없는 일이다 (사실 한국에서도 이런 식의 대화가 불편하게 느껴진 건 마찬가지였다).

영국의 스몰 토크는 잘 활용하면 보다 원활한 네트워킹을 위한 윤활제가 되지만, 자칫 민감한 주제를 꺼내면 상대방에게 불쾌감만 주는 독이 될 수도 있다. 그렇기 때문에 영국의 문화적 상황을 잘 이해하고 적절한 주제를 선정하여 대화를 이어 나가는 것이 중요하다.

팟캐스트

런던에서 만난 한국인 친구와 외국인 친구의 특징

런던에 처음 왔을 땐 아는 사람 하나 없는 외로운 신세였지만, 차차 이곳에서도 마음 잘 맞는 친구들을 하나둘씩 만나게 되었다. 런던에서 친구를 사귈 수 있는 경로는 다양하다. 회사 동료와 사적으로 친해지기도 하고, 각종 모임이나 이벤트에서 만난 인연이 친구로 이어지기도 한다. 요즘은 데이팅 앱과 유사하게 친구를 찾는 앱도 있다. 성향과 관심사가 맞는 친구를 찾기 위해 이러한 앱을 사용하는 사람도 늘어나고 있다.

런던은 다문화적 도시인만큼 영국인뿐 아니라 여러 나라에서 온 친구들을 만날 기회가 많다. 또한 영국은 다른 유럽 국가에 비해 동양인 인구 비율이 높기 때문에, 한국인 친구 또는 우리나라와 문화가 비슷한 국가에서 온 동양인 친구를 사귈 수도 있다. 〈런던에 사는 당신의 사정〉 팟캐스트 27화에서는 런던에서 만난 한국인 친구와 외국인 친구의 특징에 대해 이야기를 나누어 보았다.

지현 런던에서 다양한 친구들을 만나봤는데, 한국인 친구와 외국인 친구는 느낌이 많이 다른 것 같아요.

미연 정말 다르죠. 지현 님은 런던에서 만난 한국인 친구들을 보면서 느낀 점이 있나요?

지현 외국인 친구들과 비교해 봤을 때 한국인 친구들은 공감대를 가질 수 있는 부분이 많고, 굳이 설명하지 않아도 아는 것들이 많아서 편한 것 같아요. 그리고 아무래도 한국어를 쓸 수 있다는 게 일종의 해방감을 주더라고요. 지금 영어를 쓰는 게 불편한 단계는 아니지만, 한참 영어만 쓰다가 오랜만에 한국인을 만나서 한국말로 얘기를 하면 저도 모르게 말이 많아지더라고요.

미연 그런 분들 되게 많아요. 한국인 친구가 별로 없어서 집에서도 영어만 쓰고, 회사에서도 영어만 쓰는 분들이 한인 모임 같은 데 나오면 한국말을 쓸 수 있어서 너무 행복하다고 말씀하시더라고요. 그런 걸 보면 모국어를 쓰는 것 자체에서 오는 자유로움이 있는 것 같아요.

지현 네, 그리고 또 제가 생각하기에는 같은 한국인이라도 이렇게 외국 생활을 하시는 분들은 성향이 남다르신 것 같아요. 아는 사람도 없는 낯선 타지에서 이렇게 정착을 했다는 건 그만큼의 의지와 용기가 있다는 거잖아요. 그런 부분에서 통하는 게 많더라고요.

미연 맞아요. 그래서 런던에서 한국 분들을 만나면 서로 토닥여 주고 으쌰으쌰 해주게 되더라고요. 누구보다 서로의 힘듦을 알기 때문에 그런 부분을 서로 격려해 주고, 처음 여기 올 때 가졌던 그 용기를 다시 회상시켜 주기도 하고요.

런던에서 만난 외국인 친구들은 어떤 특징이 있을까요?

지현 저는 외국인 친구들을 만나면 지식과 관점이 넓어진다는 걸 느끼게 돼요. 예를 들면, 친한 폴란드 동료와 잡담을 하다 보니 폴란드 정치나 동유럽 문화, 심지어는 세계 2차 대전에 관한 역사까지 배우게 되더라고요. 그런 걸 보면서 '내가 이런 것들을 가까이에서 경험할 기회가 얼마나 될까?' 하는 생각이 들었어요. 런던에 있지 않았다면 하지 못했을 특별한 경험이잖아요.

미연 맞아요. 저도 지금 일하는 회사에 팀원이 다섯 명 있는데, 그중에 딱 한 명만 영국인이고 다른 사람들은 다 외국인이거든요. 레바논 출신 캐나다인, 이스라엘인, 아일랜드인, 그리고 저 한국인. 그렇다 보니까 서로 이야기를 하면 이 문화 저 문화 알아가는 게 정말 신기하고 재미있더라고요. '내가 런던에 있지 않았으면 이렇게 다양한 사람들을 한 팀에서 만날 수 있었을까?'라는 생각을 되게 자주 하게 돼요.

지현 저는 예전 팀에 유대인 동료가 있었는데, 생소했던 유대인 문화에 대해서도 좀 더 알게 되고 새로운 음식도 소개받게 되었어요. 이런 게 되게 재밌는 경험이었어요. 우리가 평소에 잘 찾아 먹지 않는 음식도 먹어보게 되고, 잘 하지 않는 것도 해보게 되니까요.

미연 확실히 그런 것 같아요. 저는 최근에 팀원들을 다 데리고 한국 음식점을 갔었거든요. 그러면서 '아 이렇게 서로의 문화를 공유하고 알아가는구나!' 하는 생각이 들었어요. 그런데 문화적으로 다른 게 많다 보니 장점만 있지는 않을 것 같거든요. 외국인 친구들과 지내면서 불편했던 점은 없었나요?

지현 불편했다기보다는 좀 신기했던 점은 몇 가지 있었는데요. 사람마다 살아온 배경이 다르니까 상식도 다를 수 있다는 걸 느꼈어요. 나에게 당연한 것이 상대에겐 당연하지 않다는 걸 알게 되면서 '아, 이렇게도 생각할 수 있구나'라는 걸 깨달은 순간들이 있었는데, 기분이 나쁘다기보다는 이런 문화도 있다는 걸 배우게 된 것 같아요. 그런데 사실 이런 건 외국인 친구가 아니라도 느낄 때가 종종 있죠.

미연 그렇죠. 아무래도 사람마다 성향이 다르다 보니까, 같은 문화를 공유한 한국인 친구에게도 '이렇게 다르다고?' 하는 의문점이 들 때는 있더라고요. 다른 분도 저를 보면서 그런 생각을 할 수 있겠죠.

지현 맞아요. 사실 살아온 배경도 중요하지만, 결국엔 사람 성향에 따라서 다르죠.

미연 그리고 상대가 얼마나 오픈 마인드를 가졌는지, 얼마나 서로의 차이점에 부딪힐 용기가 있는지도 중요한 것 같아요. 이 점은 한국인을 만나든, 영국인을 만나든 마찬가지죠.

〈런던에 사는 당신의 사정〉 27화 에피소드 중 일부 발췌 및 편집

에필로그

내 이야기를 세상에 내보낸 이유

첫 직장에서 대리를 달던 해에 사표를 냈다. 누군가는 부러워할 만한 대기업 대리라는 타이틀을 달고도 행복하지 않았기 때문이다. 그때 나의 일상은 너무나도 익숙하고 편안했고, 그 안에서 나는 한동안 제자리에 고여 있었다. 더 이상 성장하고 있지 않다는 불안감은 긴 슬럼프로 이어졌다. 이 슬럼프를 극복하기 위해서는 그 환경에서 완전히 벗어나야 했다. 그렇게 안정된 직장과 편안한 일상을 버리고 영국 워킹홀리데이를 신청했다.

그로부터 4년이 지났다. 힘겨웠던 해외 취업의 첫 관문을 통과하고 생소했던 영국 기업 문화에 적응하고 나니 어느새 5년

차 영국 직장인이 되었다. 이 책에 적은 이야기는 대부분 내가 런던에 와서 첫 1년 동안 겪었던 일들이다. 나의 일기장에 들어있던 이야기가 브런치를 통해 세상에 나오고, 또 한 번 더 다듬어져 이 책으로 탄생하게 되었다. 꽤 오랜 시간이 지난 일이지만, 이 이야기를 책으로 엮으면서 다시 그 시기를 되돌아볼 수 있었다. 지금은 익숙해지고 무뎌진 일상이 한때는 나의 간절한 꿈이었다는 걸 상기시켜 주는 의미 있는 시간이었다.

이 이야기를 세상에 내보내기로 한 이유는 4년 전 나와 같은 사람들을 돕기 위해서다. 가진 것은 해외 취업에 관한 로망과 젊음의 패기뿐이었던 스물일곱의 내가 영국 직장인으로 자리 잡기까지 겪은 희로애락을 이 책에 담았다. 장밋빛 미래를 꿈꾸고 런던에 왔지만, 생각보다 어려웠던 면접 난이도에 당황하고, 수많은 탈락 소식에 좌절하고, 점점 길어지는 백수 생활에 괴로워하는 나날이 이어졌다. 그리고 그 고난의 끝에 달콤한 합격 소식을 듣게 되면서 본격적으로 영국에서 직장 생활을 시작했지만, 실제로 겪어보니 해외 취업의 성공은 자아실현의 끝이 아니라 또 다른 시작임을 깨달았다.

많은 사람이 막연한 환상만을 가지고 해외 취업에 도전한다. 처음 런던행을 결정했을 무렵의 나처럼 말이다. 하지만 모든 일에는 장점이 있으면 단점이 있기 마련이다. 해외 취업에 확실한 메리트가 있긴 하지만, 그 이면에는 현실적인 어려움도 있다는 걸 알리고 싶어 내 경험을 솔직하게 담았다. 자신에게 해외 취업의 장점이 단점보다 더 가치 있게 느껴지는지 미리 고민해 보고 시작한다면, 보다 수월하게 해외 직장 생활에 적응할 수 있을 거라고 생각한다. 독자분들이 내 이야기를 통해 조금이나마 공감과 위로를 얻고, 해외 취업을 결정하는 데 현실적인 도움을 받았기를 바란다.

나는 왜 아직 런던에 있는가

"우리는 왜 아직 런던에 있을까?"

연말에 런던에 사는 한인 친구들과 저녁 식사를 하며 이런 주제로 대화를 나눴다. 이제 어느새 런던살이도 5년 차. 초반에 느꼈던 낯선 환경에 대한 흥미는 이제 일상이 되어 익숙해진 지 오래다. 신선한 자극을 찾아 이곳에 왔는데 시간이 지나 새로움이 모두 익숙함으로 변해버린 요즘은 스스로 이런 질문을 종종 하게 된다. 도대체 나는 왜 아직 런던에 있을까?

나는 원래 2년의 워킹홀리데이 비자 기간이 끝나면 한국으로 돌아갈 예정이었다. 영국에서 파란만장한 첫 1년을 보내고 퇴사를 고민하던 시점에 이직이 아닌 귀국을 선택할 수도 있었다. 첫 회사에서 해외 취업의 좋은 점뿐 아니라 힘든 점도 충분히 겪어 봤으니, 그냥 1년 동안 좋은 경험 했다 치고 일찍 돌아갈 수도 있었다. 그런데 2년 뒤에 귀국은커녕 워킹홀리데이 기간이 끝나고도 회사에서 비자 스폰서십을 받고 5년째 아직 영국에 살고 있다.

스스로 내가 아직 런던에 있는 이유가 뭔지 물었을 때 떠오르는 세 가지가 있다.

1. 커리어 개발 기회

세계적인 기업과 유망한 스타트업이 모여드는 런던은 엄청난 기회의 도시다. 회사의 수가 많을 뿐 아니라 회사 규모와 산업 분야 또한 다양해서 이직하고자 할 때 옵션이 상당히 많은 편이다. 그리고 굳이 직접 찾아다니지 않더라도 헤드헌터의 메시지를 일주일에도 수십 통씩 받을 정도로 기회가 많다. 또한 면접만 잘 본다면 이직 시 연봉 인상률도 한국에 비해 확연히 높은 편이기 때문에 몸값을 높일 수 있는 폭도 넓다. 이처럼 노력해서 실력을 향상하는 만큼 확실하게 보상이 늘어난다는 점은 꾸준히 공부하고 성장할 동기부여가 된다. 그게 내가 런던에 온 이유 중 하나였고, 이 장점은 오랜 시간이 지난 지금도 여전히 유효하다.

2. 여유로운 생활

영국 회사에서는 워라밸을 굉장히 중요하게 생각한다. 일할 때는 바짝 집중해서 일하더라도 업무 시간이 이후에는 철저하게 개인 시간을 보낼 자유가 있다. 일반적으로 야근은 정말 꼭 필요한 경우에만 하며, 1년에 야근하는 날을 다 합쳐도 손에 꼽을 정도로 드물다. 그래서 런던에 있는 한국인 중에는 한국 회사에서 야근에 치여 살다가 여기 온 뒤 저녁이 있는 삶을 얻게 되었다며 감탄하는 사람이 많다. 영국 직장인들은 퇴근 후 개인적인 취미 생활을 하거나, 가족 및 친구들과 함께 시간을 보내며 일과 삶의 균형을 적절하게 조절한다. 이런 여유로운 생활에서 오는 심리적 여유 또한 런던살이가 즐거운 이유 중 하나다.

3. 여행의 자유

런던살이의 장점 중 여행을 빠트릴 수 없다. 국제적인 대도시인 만큼 웬만한 나라는 직항으로 갈 수 있는 항공편이 있고, 특히 유럽 내에서는 대부분의 도시에 2~3시간 내로 갈 수 있다. 게다가 여행을 자주 할 시간적인 여유까지 있으니 여행 좋아하는 사람에게는 이보다 더 나은 곳이 얼마나 있을까 싶다. 나도 여행을 좋아하는 편이라 시간 날 때마다 부지런히 유럽 여행을 다니고 있다. 처음에 영국에 오게 된 계기가 스페인 여행에서의 행복한 기억 때문이었는데, 런던에 살면서는 스페인을 매년 한 번씩은 가고 있다. 그만큼 유럽 여행이 쉽고 편리하다는 건 런던살이의 가장 큰 장점 중 하나다.

물론 해외 취업에는 좋은 점만큼 힘든 점도 많다. 아는 사람 하나 없고, 문화도 생소하고, 언어마저 다른 타지에서 오로지 내 역량 하나로 살아남는 것은 결코 쉬운 일이 아니었다. 하지만 이렇게 익숙함과 편안함에서 벗어나 새로운 환경에서 원하는 것을 이뤄낸 경험은 엄청난 성취감으로 돌아와 내 안에 단단한 기둥이 되었다. 낯선 런던에서 내 자리를 찾으려 아등바등하던 시간 속에서 나는 막대한 성장을 이루고 새로운 가능성을 발견했다. 꽤 오랜 시간이 지난 지금도 이때의 경험은 여전히 내 안에서 강한 힘을 발휘하며 계속 앞으로 나아갈 에너지를 준다.

마지막으로 외로운 타지 생활을 따뜻하게 만들어준 주변 친구들에게 감사의 말을 전하고 싶다. 가족 하나 없는 이곳에서 서로의 가족이 되어 준 친구들이 있었기에 이렇게 오랜 기간 런던 생활을 즐겁게 해올 수 있었던 것 같다. 그리고 사는 곳은 멀지만 마음만은 내 곁에서 나를 응원해 주는 한국에 있는 가족과 친구들에게도 고맙다는 인사를 전한다.

개발자인데요, 런던 살아요

초판 1쇄 인쇄 2023년 9월 8일
초판 1쇄 발행 2023년 9월 15일

지은이 엄지현

책임편집 송준기
디자인 박은진
마케팅 총괄 임동건
마케팅 지원 안보라
경영 지원 이순미

발행인 최익성
펴낸 곳 파지트
출판 등록 제2021-000049호
제작 지원 플랜비디자인

주소 경기도 화성시 동탄원천로 354-28
전화 070-7672-1001 **팩스** 02-2179-8994
이메일 pazit.book@gmail.com

ISBN 979-11-92381-76-3 03800